Gundel Seidler • Weit geöffnete Fenster

Gundel Seidler

Weit geöffnete Fenster

Erzählungen aus der Zeit der Wende

FRIELING

Die Deutsche Bibliothek – CIP-Einheitsaufnahme
Seidler, Gundel:
Weit geöffnete Fenster : Erzählungen aus der Zeit der Wende /
Gundel Seidler.–
Orig.-Ausg., 1. Aufl. – Berlin : Frieling, 1998
ISBN 3-8280-0518-7

© Frieling & Partner GmbH Berlin
Hünefeldzeile 18, D-12247 Berlin-Steglitz
Telefon: 0 30 / 7 74 20 11

ISBN 3-8280-0518-7
1. Auflage 1998
Titelgestaltung: Graphiti/Seidler
Sämtliche Rechte vorbehalten
Printed in Germany

Inhalt

Ein Samstagvormittag zwischen den Zeiten	9
Lenes Demonstration	10
Tagebuchaufzeichnung einer Abiturientin ...	16
Lene schreibt an ihre Freundin	18
Theater	23
Mauern	27
Sammys Leben	33
Gesund	39
Die Leisten-Dame	48
Akten-Einsichten	53
Kaffeepause	62
Freundin Ruth	66
Schwestern	72
Eine alte Geschichte	77
Der Tanz	84
Heimfahrt	90

21. Februar 1991
In der Küche

Ein Samstagvormittag zwischen den Zeiten

„Die Ernte war gut."
 Der Satz geht ihr seit dem Aufwachen nicht aus dem Sinn.
 Sie kann sich nicht erklären, warum er sich unaufhörlich zwischen ihre Gedanken drängt.
 Gehört er in ein „Wort zum Tag" der letzten Zeit? ...
 Aber wieso im Februar – mitten im Winter?
 Beim Blick aus dem Fenster entwirft sich ein Bild, das weder zu dem Satz noch zu den Geräuschen und Gerüchen, die gleichzeitig auf sie eindringen, zu passen scheint: Verhangener Himmel, weiß-schneebedeckt noch die Erde, kahle, düster-graue Bäume (vor allem Pappeln).
 Große, klotzige Raben sind die einzigen Lebewesen im Bild – und sie nehmen viel Raum davon ein.
 Die Geräusche (wie hinter dem Bild) klingen nach Frühling.
 Vogelgezwitscher und richtige Singtöne meint sie zu hören.
 Und ihr ist, als könne sie ihn nun auch riechen, den Frühling.
 Daß es sich lohnt, Empfindungen nachzugehen, um sie besser spüren zu können, denkt sie, und: Irgendwie scheint nun doch alles zusammenzupassen, was vorher so wie „gesplittert" nebeneinander stand.
 Aufdringliches, lautes Rabengekrächz bringt sie in die Wirklichkeit Winter zurück.
 Ihr chinesisches Sprichwort fällt ihr ein:
 „Du kannst die Vögel der Traurigkeit nicht daran hindern, um deinen Kopf zu fliegen. Aber du kannst sie daran hindern, auf deinem Kopf Nester zu bauen."
 Die Ernte war gut ...?

Lenes Demonstration

„Es ist, als habe einer die Fenster weit aufgestoßen ..."
(Stefan Heim)

Und wenn mal wieder jemand davon sprechen sollte – ich bin auch dabeigewesen!

Ob ich aber so davon erzählen kann, daß Zuhörer nachvollziehen können, wie es damals war, bezweifle ich!

Das war eine Zeit!

Schon im Spätsommer brachte jede neue Stunde ganz neues Leben in ihren Alltag.

Nichts ging mehr, was doch viel zu lange gedauert hatte.

Im Freundeskreis wurde lange und heftig über jüngste Geschehnisse debattiert – bei weit geöffnetem Fenster!

Mit Marie hatte sie überlegt, wieviel sie auszuhalten in der Lage wären, sollten sie verhaftet werden ...

Plötzlich gab es so viel zu tun, was in den letzten Jahren nicht angerührt worden war.

Futsch war er endgültig, der Sozialismus-Kinderglauben!

So lange hatte sie sich an ihn noch geklammert – und an sie, DIE GUTE SACHE, für die Großeltern und Mutter nicht umsonst gekämpft haben sollten.

Lange Zeit über hatte sie nicht bemerkt, daß gerade dieses Fest- und Aushaltenwollen ganz starr und und unbeweglich gemacht hatte.

Sie hatte wahrscheinlich geglaubt, daß alles zu Ende wäre, wenn sie ihrem ideologischen Scherbenhaufen offenen Auges gegenübersteht.

Sicher war das dann ja auch alles traurig genug –

Aber Zeit zum Grübeln und Philosophieren blieb nicht –

Eine Menge zu tun gab es: Aufrufe zu Protestversammlungen im Betrieb verteilen, die Kinder in der Schule gegen Bonzen-Lehrer unterstützen, in der Frauengruppe Gedächtnisprotokolle fertigstellen usw. usf.

Jedenfalls war da plötzlich Lebensfülle und gefühltes Leben, wo zuvor nur noch Beklemmung und Bedrückung gewesen waren ...

Und Ende Oktober wurde in der Frauengruppe über die am 4. November geplante Demonstration gesprochen.

Diese sollte die bisher größte in Berlin werden.

Die „Kulturschaffenden" hatten dazu aufgerufen.

Die Frauen brachten viele Vorschläge zur Mitgestaltung des Ereignisses.

Lene staunte zuerst über die vielen guten Ideen ...

Bald allerdings merkte sie: Irgendwas störte sie an der Art, wie sich die Gruppenmitglieder gemeinsam auf den Tag vorbereiteten.

Da wurde abgesprochen, wer mit wem gehen würde, wer welches Transparent mit welcher Aufschrift trägt und welche Vorsichtsmaßnahmen beachtet werden sollten, damit keine Störungen entstehen könnten.

Das war bestimmt wichtig, sah sie ein – und doch paßte ihr das alles immer weniger.

Vielleicht erinnerten sie diese Vorbereitungen an lange vergangene FDJ-Zeiten?

Da war auch immer alles gründlich geplant worden, so lange, bis jeder seine Aufgabe hatte ...

Jede Person war dann immer ein Teil irgendeiner zu absolvierenden angeordneten Veranstaltung geworden.

Das jetzt war doch aber was ganz anderes!

Seitdem sie von der Demo wußte, war ihr klar, daß sie dort ganz *für sich* hingehen wollte – und nicht als geleitetes und beschütztes Mitglied einer noch so vertrauensvollen Gruppe.

Und gerade darauf hatte sie sich gefreut ...

Sie murmelte so etwas vor sich hin wie: *„Ich gehe auf jeden Fall dahin – aber für mich alleine."*

Jedenfalls verließ sie die Runde, bevor sie „zugeordnet" werden konnte.

Zu Hause suchte sie lange nach einem Stück Stoff, woraus sie eine Art Fahne basteln konnte. Schließlich fand sie einen alten weißen Kopfkissenbezug.

Ein Spazierstock, noch aus Großvaters Zeit, konnte leicht als Fahnenstange eingenäht werden. Farbtöpfe und Pinsel fand sie in den Schulsachen ihres Sohnes.

Sie war angestrengt bei der Arbeit – und hatte ihren Sohn nicht bemerkt, der hinter sie getreten war.

„Mensch, wat machst'n da? Is ja schau, eh!"

Sie fuhr erschrocken hoch und versuchte automatisch, ihr Werk irgendwie abzudecken.

Dabei spürte sie Röte in sich hochsteigen.

Schon wieder das Zimmer verlassend, sagte er: „Hübsch siehste aus."

Im Spiegel sah sie Spuren der ziegelroten Farbe im Gesicht.

Hastig nun und schwitzend vollendete sie ihre Fahne:

Meine beiden Kinder (16 und 18)
sollen nicht weiter
unter meinem Stillschweigen leiden.

Das war weder phantasievoll noch besonders geistreich, aber es stimmte – und war von ihr.

Eine ganze Weile später, als sie längst wieder mit Haushaltsdingen beschäftigt war, hörte sie es im Zimmer des Sohnes rumoren.

Sie hatte geglaubt, er sei längst weggegangen.

Als sie öffnete, lag mitten auf dem Fußboden ein Laken, an den Seiten auf zwei Stöcken als Transparent aufgezogen.

Das war fachmännisch beschrieben und bemalt – und viel besser geraten als ihre Fahne.

Es ist leicht, geduldig zu sein, wenn man ein Schaf ist
stand drauf.

„Ich geh' doch morgen auch – und wenn *du* sogar ..."

Auch er war leicht verlegen, lange nicht so wie sie vorhin.

Das Glücksgefühl, was sich von da an in ihr breitmachte, blieb die ganze Zeit und hielt noch bis lange nach der Demonstration an.

Zu erleben,
> daß ihr Mann sie fragt, ob er mit ihr zusammen losgehen könne –
>
> es dann auch tut und wie selbstverständlich auch mal die Fahne trägt
>
> (sie hätte geglaubt, er würde sie wegen ihrer kindlichen Entschlossenheit auslachen),
>
> daß die ersten, denen sie auf dem Weg zur Demo begegnen, gute Freunde sind,
>
> daß fremde Gesichter im Demonstrationszug bekannt werden und in ihnen zu lesen ist,
>
> daß völlig fremde Menschen ihr zulächeln und vertraut werden ...

Ganz verschiedene Personen sieht sie im immer größer werdenden Zug, der sich zum Alex hinbewegt – alle Altersgruppen – keine gesichts-, gestaltlose Masse ist das ...

Und wie viele sie sind! Noch nie hat sie eine solche Menge so vieler verschiedener Menschen erlebt – friedlich, einträchtig, aber nicht gleichförmig zusammen gehend!

Sie fühlt sich mit den Leuten verbunden und doch nicht an sie gebunden.

Sie betrachtet aufgemalte Worte, Texte, Zeichnungen auf Stoffen, Pappen, T-Shirts: Was sie nicht entziffern kann, läßt sie sich von Näherstehenden übermitteln.

Auch andere tun das. Überall werden Texte vorgelesen, auf besonders witzige oder bissige macht man sich gegenseitig aufmerksam:

Mielke, Stoph und Hager - Wann gehn die Versager? ...
SED-Fürungssucht – treibt die Menschen in die Flucht! ...
Nehmt das Land aus Bonzenhand ...

Volks-Auge sei wachsam! ...
Freie Wahlen statt falscher Zahlen! ...
Entsesselt die Ärsche! ...
Stasi an die Stanze! ...
Mit dem Kopf durch die „Wende"
Kein Schnitzel für die Spitzel! ...
Vorwärts zu neuen Rücktritten! ...
Grüße an das Parlament – Habt Ihr endlich ausgepennt? ...
China, Knüppel, Wahlbetrug, Egon Krenz, es ist genug! ...
Sie predigten Wasser und tranken Wein, drum muß eine neue Regierung sein ...
Wer sucht, der findet, daß jeder Bonze sich windet ...

Am besten gefällt ihr das Transparent mit dem vergrößerten SED-Abzeichen, unter dem nur *Tschüß* steht!

Sie findet auch Aufgeschriebenes, das sie an ihren Fahnentext erinnert:

Ein Sohn schwamm schon über die Donau – das reicht!
VerSchweigen ist nicht Gold!
Schluß mit den Lügen – auch in den Schulbüchern!
Wer ewig schluckt, stirbt von innen ...

Zu DDR-Zeiten hatte sie bei Kundgebungen manchmal eine Spur davon gesucht, was hier schon in jedem Gesicht zu lesen war: Überzeugung, Anliegen, Aufregungung, Freude, Hoffnung, Mut ...

Sprechchöre tauchen auf, werden mit- und weitergetragen.

Gesang ertönt – erst verstohlen und zaghaft, dann immer lauter – stimmen viele ein.

Bei der „Internationale" werden im gewaltig gewordenen Chor Fahnen, Transparente und erhobene Fäuste geschwenkt.

Es ist alles so wunderbar – und doch wieder selbstverständlich.

Irgendwo im Zug gehen ihre Kinder mit – und auch Marie ist da, das kann sie fühlen.

Sie spürt schon, während sie die glücklichen Momente erlebt, daß sie die irgendwie für immer in sich bewahren werden kann. Aber auch, daß sie sich später öfters vergeblich wünschen wird, diese anderen nachvollziehbar beschreiben zu können.

„Sie gab es wirklich, die großartige Demonstration am 4. November in Berlin", wird sie vielleicht mal ihren Enkeln erzählen, *„und ich war dabei."*

Und dann wird sie wieder mit den Erinnerungen an *ihren* Tag alleine sein.

Tagebuchaufzeichnung einer Abiturientin, die als Hilfsschwester in einem Pflegeheim für geistig behinderte Kinder arbeitete.

15.3.89

Heute war ich mit Nanette beim Arzt, weil der Finger so schlimm geworden ist.

„Das fault jetzt ab", hatte der Arzt auf meinen bestürzten Blick hin gesagt – überlegen lächelnd.

Und doch schien auch ihn der Finger, in den sich Nanette immer beißt, erschreckt zu haben.

Die ganze Person hat ihn, glaube ich, etwas verunsichert: „Was, sechs Jahre soll die schon alt sein?"

Das verfaulte, stinkende Fleisch – so leblos – wurde abgeschnitten, und die Wunde in dem geschwollenen, ursprünglich stinkenden Finger klaffte weit, so daß man die Sehne zucken sehen konnte.

Noch nie habe ich so was gesehen.

Zittern und Übelkeit zuerst – und dann plötzlich eine ganz große Stärke in mir!

Wie ein neuer Baustein fügt sich das Erlebnis in mich ein.

Ich wickelte die winzige, angestrengt zuckende und mit den Zähnen knirschende Nanette in ihre Decke und ging dann mit ihr raus auf den Flur, um auf den Krankentransport zu warten.

Da sind noch etliche andere Leute.

Nanette weint und knirscht.

Mitleidige Blicke, Türen werden aufgehalten.

Jemand setzt sich verstohlen die Brille auf, um besser sehen zu können.

Eine Frau fragt: „Pflegen Sie Ihr Kind zu Hause? Schweres Los!" Ihr Sohn schaut betreten auf sein Gipsbein.

Und Flüstern: „Oh Gott! Die armen Kinder quälen sich doch bloß!" – „Hast Du gesehen ...?"

Ich komme mir plötzlich unendlich weise vor, als ob es ein geheimes Einverständnis gibt zwischen Nanette und mir. Leise singe ich ihr ins Ohr. Ihr Krampfen hört auf, und alle Kraft scheint damit aus ihrem Körper verbraucht zu sein. Ihr Kopf sinkt an meinen Hals.

Und so bin ich die einzige, die dieses winzige, hilflose Bündel Leben schützen kann.

Keinem von den mitleidig Guckenden sage ich, daß ich nicht die Mutter bin.

Und wir gehen in die Sonne. Nanette knirscht nicht mehr.

Obwohl blind, schaut sie genau in die Sonne und die Sonne auf sie.

Um sie doch weiterleben zu lassen.

Lene schreibt an ihre Freundin nach Bad Elster

Berlin, den 22.6.94

Liebe Esther,

Du hattest Dir Post von mir gewünscht – jetzt bekommst Du einen Brief.

Vom Kur- und Bäderarzt läßt Du Dir also die geplagten Gelenke schmieren.

Menschenskinder – haben sie Dich also jetzt auch nach Bad Elster geschickt – acht Jahre nach mir, aber warum auch nicht, bist ja inzwischen auch in dem Alter –

Ich würde dort wahrscheinlich nichts mehr wiedererkennen.

Muß ja ein richtiges West-Bad geworden sein, auf der Karte sieht alles so piekfein aus, fast bißchen zu wessi-mäßig geleckt – oder?

Und Du wohnst also in dem neuen Kurhotel. Dagegen muß ja meins von damals glatt abstinken – dabei war das 1986 noch ziemlich neu und genauso fein wie alle diese „Bonzenhotels", die in den Siebzigern gebaut worden waren. Jedenfalls fühlte ich mich hochgeehrt und privilegiert in dem Haus, und auch alles ringsum war für meine Verhältnisse optimal und außergewöhnlich gut – wenn da nicht diese anstrengende Zimmermitbewohnerin gewesen wäre ...

Ob Du inzwischen in Deiner Umgebung angenehmen Kontakt mit netten Leuten gefunden hast? Und hast Du einen Kurschatten? Bin ganz schön neugierig, was?

Aber mich würde es tatsächlich interessieren, was meine Freundin so im besonderen, aber auch im allgemeinen über das heutige „Kurschattenwesen" zu erzählen hat. Gibt es das überhaupt noch, seit wir Westen sind? Zu Ostzeiten hörte man ja manchmal von schlimmen Kurschatten-Verwicklungen bis weit nach dem Ende der Kurzeit, aber es gab auch gute Erfahrungen damit – wie eben bei mir: Nach einer Woche fuhr der erste nach Hause, nach zwei weiteren der zweite.

Zeit genug, sich zu schönen Wanderungen, Autofahrten und Tanznachmittagen einladen zu lassen, sich auch noch mal so richtig „begehrt" zu wissen.

Zeit zuwenig, um die Schmetterlinge im Bauch flattern zu lassen.

Die Ausflüge mit den Männern (manchmal war ich ja die einzige Frau zwischen wanderlustigen Gesellen) waren aber eigentlich vor allem dafür gut, daß ich tagsüber möglichst wenig mit der Frau in Kontakt kam, die meine Zimmermitbewohnerin war.

Gerade, als damals Dein Brief kam, hatte sich die Situation mit ihr so zugespitzt, daß ich schon fast dabei war, meinen Koffer zu packen und die Kur abzubrechen – trotz der sonst so glücklichen Umstände – weil ich es kaum noch aushielt und vor allem in der Nacht nicht zur Ruhe kam.

Dabei war sie nicht etwa bösartig oder so was in der Art.

Aber was nützte es, daß der Wald so grün, das Essen sehr gut, die Leute recht angenehm waren – und mir zwei interessante Männer den Hof machten –, wenn ich nachts nicht schlafen konnte, weil meine Zimmergenossin Alpträume hatte.

Ihr Schnarchen war wie Stöhnen, ihr Stöhnen wie Heulen, und wenn sie aufschrie (was immer öfter passierte), saß ich für die nächste halbe Stunde aufrecht im Bett.

Ich habe mir ja dauernd Gedanken darüber gemacht, was ihr so auf der Seele liegt, und am Anfang tat sie mir auch leid, aber als die nächtlichen Störungen immer schlimmer wurden, ich sie zweimal nachts in einer Ecke des Klos zusammengekauert fand – und sie nur mit Hilfe der Nachtschwester dort wegbekam, weil sie schwer wie Blei war –, hatte ich es bald gründlich satt.

Tagsüber schien es meiner Bettnachbarin gutzugehen, sogar so sehr, daß sie am liebsten überallhin mit wollte, sich dann bei mir einhakte und an meinem Arm immer schwerer wurde – sie aber schien das nicht zu merken und blühte förmlich auf.

Sie erzählte mir bald von ihren wichtigen Verbindungen und ihrem vor wenigen Jahren verstorbenen Mann, der sich sein ehrenvolles Begräbnis wohl verdient hätte, denn er habe sich ja schließlich für den Staat bis zuletzt aufgeopfert. Nach außen hin sei er immer der „kleine Angestellte" im Ministerium geblieben, nur seine engsten Mitarbeiter hätten gewußt, was für einen wichtigen Posten er dort hatte.

Sie tue auf ihrem dagegen bescheidenen Posten natürlich auch ihre Pflicht, aber ihr Mann sei manchmal wochenlang von zu Hause weggewesen, nachdem er mitten in der Nacht zu wichtigen Einsätzen abgeholt wurde.

Sie hätte natürlich nie wissen dürfen, wohin er fuhr und wann er wiederkommen würde, aber schließlich habe sie ja immer gewußt, daß es für *die gute Sache* war – außerdem müsse sie sich bei *ihrer* Arbeit ja *auch* an *Geheimhaltungsvorschriften* halten. (Also war er Mitarbeiter im Ministerium für Staatssicherheit gewesen, und sie führte als Postangestellte Aufträge für dasselbe Ministerium aus – den Begriff „Informeller Mitarbeiter" kannte ich damals noch nicht.)

Einerseits konnte ich mir nach ihren Erzählungen nun Gründe für ihre turbulenten Nächte zusammenreimen, andererseits wurde sie mir von da an eher noch undurchsichtiger und unheimlicher.

Nein, Angst davor, daß sie mich bespitzeln konnte, hatte ich eigentlich nicht ...

Wahrscheinlich machte mich die Tatsache fertig, daß sie dauernd irgendwie an mir „dranhing", tagsüber als lebenshungrige Dame an meinem Arm, nachts als hilfebedürftiges Bündel Mensch im gemeinsamen Schlafzimmer.

Ich verstand es aber auch nicht, ihr eindrucksvoll genug zu schildern, wie sehr sie in der Nacht „zugange war". Jedenfalls änderte sich durch meine Klärungsversuche nichts.

Sie bekomme ja schließlich gegen ihre Nervosität genügend Medikamente – und wenn ich sie wieder mal nicht ins Bett zurück bekäme, sollte ich sie ruhig „streng anpacken."

Ich versuchte sie dann mit einer Art Kommandos wieder ins Bett zu beordern – das half –, mir aber wurde immer unwohler, wie Du Dir bestimmt vorstellen kannst

Wie sie mich dann ansah, irgendwas Unverständliches vor sich hinbrabbelte, ganze Packungen von Beruhigungspillen fest in der einen Hand haltend, an der anderen sich nach meinen Befehlen aus der Badecke ins Bett führen lassend ...

Sobald sie im Bett lag, kniff sie fest die Augen zu, behielt die Pillen in der Hand.

Nach solchen Aktionen saß ich gewissermaßen aufrecht im Bett, grübelte, konnte nicht schlafen, auch wenn *sie* für den Rest der Nacht still blieb.

Natürlich hatte ich längst den Kurarzt informiert, ihn auch gefragt, ob nicht eine von uns in ein anderes Zimmer ziehen könnte, weil ich endlich mal wieder richtig schlafen wollte.

Und überhaupt, was würde möglicherweise noch alles passieren, wenn sie dauernd irgendwelche Pillen in sich reinsteckt ...

Seine Reaktion war ein einziges Bedauern und Abwinken. Sie sei eigentlich nicht kurfähig, zurückschicken könne er sie nicht, ihm seien die Hände gebunden, er habe auch kein Einzelzimmer mehr frei. Außerdem wolle sie nicht alleine schlafen, sondern hätte mich so gerne ...

Es tue ihm ja so leid um mich, wisse er doch, daß ich in der Psychiatrie arbeite und hier wohl mal Ruhe verdient hätte, andererseits würde ich mich ja am ehesten mit *solchen* Menschen auskennen und sie zu *behandeln* wissen ...

Das einzige, was er für mich tun könne: mir noch weitere *Behandlungsmaßnahmen* verschreiben, damit ich wenigstens tagsüber „meine Ruhe vor ihr" haben würde.

So kam ich also in den Genuß von solch begehrten Therapien wie: Ganzkörpermassagen, Unterwassergymnastik, Moor-

und andere Heilbäder, Sauna – und bekam meine erste und einzige Gelenkekur doch noch gut zu Ende.

Was da alles so hochkommt, wenn ich Dir diese alte Geschichte aufschreibe!

Bis heute weiß ich nicht, was mit der Dame damals eigentlich los war, ob der Kurarzt etwa von *höchsten Stellen angewiesen* wurde, sie *bei mir im Zimmer zu belassen* oder ob alles viel einfacher und profaner war ...?

Geht es Dir jetzt manchmal auch so, daß Du alte erlebte „DDR-Geschichten" in ganz neuem Licht siehst und sie auch einen anderen Sinngehalt bekommen haben?

Ich habe doch schon früher, gleich nach meiner Kur, von der Frau erzählt, aber jetzt, so mit den Jahren Abstand zur untergegangenen DDR, tauchen plötzlich Fragen auf, die sich damals überhaupt nicht stellten ...

Oft verstehe ich jetzt meine damals erlebten Geschichten gar nicht mehr richtig – und auch nicht, warum ich dieses tat oder jenes ließ.

Wieviel weniger noch können dann die *Alt-Wessis* uns verstehen ...!

Was erwarten wir eigentlich manchmal von denen?

Nun habe ich fast den ganzen Brief lang meine Kurerinnerungen ausgekramt – und bin neugierig, was *Du* von Bad Elster erzählst, wenn Du heimgekommen bist.

Von hier gibt es nichts Neues zu berichten – Arbeit habe ich noch keine wieder, aber gut geht's mir trotzdem (besonders dann, wenn die Kinder mal kommen).

Ich wünsche Dir noch schöne Tage und natürlich friedliche Nächte – und mir, daß Du bald fröhlich und gesund wiederkommst.

Ich grüße und umarme Dich!

Deine alte Lene

März '95

Theater

Endlich ist es soweit – „Romeo und Julia".

Sie sitzen in der sechsten Reihe im Parkett.

Ihre Tochter wird die Julia spielen – Ach du lieber Gott, laß es gutgehen!

Sie, die Mutter, spürt die Aufregung an allen Ecken des Körpers: Herzschlagen bis in den Hals, was auch das Atmen erschwert; Augenlidzucken, das sie vergeblich zu kontrollieren versucht; Zittern schweißnasser, kalter Hände, die sie dauernd am Taschentuch abtrocknet und damit auch die Gliedmaßen halbwegs in Ruhe hält.

Auf den Abend hat sie lange gewartet, sich gefreut – nun hadert sie eher mit dem Schicksal, das sie *so* hier sitzen läßt!

Warum auch muß das alles so aufregend sein!

Marie hat *die Traumrolle jeder jungen Schauspielerin* bekommen – und war so glücklich darüber gewesen.

Aber schon bei den ersten Proben kamen Zweifel an ihren Fähigkeiten und Angst, die Inszenierung könne ganz und gar durchfallen.

Maries Vater sitzt links neben seiner Frau und hat ihre Hand gegriffen.

Ihr scheint, als registriere er deren feuchte Eiseskälte etwas mitleidig.

(„Daß seine Warmstreichelversuche vergeblich sind, hätte ich ihm gleich sagen können! Nicht jeder kann so ruhig und gelassen bleiben wie er!") ... und die Tragödie hat begonnen!

Ganz ruhig wird sie plötzlich mit dem Gedanken, es könnte wichtig sein, daran zu glauben und darauf zu vertrauen: Natürlich wird Marie die Julia gut spielen!

Hatte sie das nicht schon mit ihren heranwachsenden Kindern öfters erlebt: Ihre Angst hatte den beiden Kindern nie was genützt – bei welchen Prüfungen auch immer –, aber doch vielleicht Mutters Zuversicht und Glauben an die Fähigkeiten ihrer Kinder ...

Also schaut sie auf die Bühne, wo das kämpferisch-spielerische Treiben der jungen Männer begonnen hat, versucht, sich von der Shakespeare'schen Sprache gefangennehmen zu lassen – und dann eben auch von der alten, ewig jungen Liebesgeschichte.

Ein paar beruhigende Sätze in der Art von autogenem Training schiebt sie wohl noch in sich hinein, wie vielleicht: „Meine Tochter ist *die* Julia.

Sie ist in ihrer Zartheit stark, in ihrer Naivität weise.

Marie ist eine wunderbare Julia.

Ich glaube an die Julia in meiner Tochter ..."

Als Marie dann zum ersten Mal die Bühne betritt, sieht sie genauso aus, wie ihre Mutter sie sich gerade vorgestellt hatte: Jeder Zuschauer sieht, spürt und weiß von ihr alles.

Sie selbst weiß noch nichts von sich.

Unbefangen strahlt das schmetterlingsgleiche Wesen Anmut, Charme, Zauber und Sinnlichkeit aus, nichts ahnend von der Liebe, die sie bald wie ein Blitzschlag trifft.

Das ahnungslose Kind wird zur liebenden Frau.

Sie wird um ihre Liebe kämpfen und an ihr sterben.

Jetzt ist Maries Mutter von Shakespeare gepackt – sie ist in der Geschichte.

Julia da vorne ist Julia, nicht mehr Marie – und doch auch ihr Kind.

Nie hätte sie geglaubt, daß sie das Stück noch einmal gefangennimmt – an diesem Abend!

Sie möchte verzweifeln ob der unsäglichen Mißverständnisse, die da passieren, wünscht sich so sehr, daß es diesmal vielleicht gutgehen möge – und sich die beiden Liebenden am Ende doch noch bekommen, wohl wissend, daß diese Hoffnung unerfüllt bleibt.

Wieso muß das so schrecklich enden?

Warum darf diese reine Liebe keine Erfüllung finden?

Gerade die hätte die schmutzige Welt säubern und die verderbte bessern können!

Ganz steif und starr sitzt sie, während die Tragödie ihren schlimmen Lauf nimmt.

Wieder spürt sie die Anspannung in allen ihren Knochen und glaubt, es kaum mehr auszuhalten.

Wieder hadert sie mit dem Schicksal, das sie hier so hilflos sitzen läßt.

Wieder möchte sie am liebsten aufspringen, fortlaufen, um es nicht bis zum Ende ansehen zu müssen ...

Dabei ist die Sorge um das Spiel der Tochter völlig verschwunden – (im Hinterkopf registriert sie bestimmt deren gutes Spiel, und wenig später wird sie die stolze Mutter einer hervorragenden Julia-Darstellerin sein, im Augenblick ist nichts davon mehr wichtig!) – nur bewegende Gedanken um Liebe und Leid in dieser von Menschen ach so geschundenen Welt halten sie starr und steif im Parkettsessel gefangen.

Sie schaut zu ihrem Mann – und sieht ihn hemmungslos weinen.

Sie will es kaum glauben.

„Warum bin *ich* eigentlich gar nicht auf die Idee gekommen zu weinen?"

Da sitzt sie nun – erstaunt, erschrocken – wie festgeklemmt mit all den Eindrücken in ihr drin.

Was konnte sie doch früher heulen!

Sogar bei Geschichten, die andere eher zum Schmunzeln brachten!

Nach Kinovorstellungen suchte sie geduckt das Weite, um ihr verheultes Gesicht zu verstecken ...

Speziell vor ihrem Mann schämte sie sich oft wegen Tränen, die nicht zurückzuhalten waren.

(„Für ihn waren doch vor ein paar Jahren weinende Frauen noch hysterische Ziegen!")

Und jetzt sitzt er neben ihr – und läßt es aus sich heraustropfen, wie es will!

Sie will sich empören, will ihn belächeln und verspotten, aber beneidet, bewundert – und liebt ihn dafür, wie er da so sitzen kann.

Seine Hand ist warm, entspannt.

Unverkrampft sitzt er in seinem Stuhl – und weint um die Liebe.

„Wenn ich ihn eher so gesehen hätte – vielleicht wären auch meine Tränen geflossen?"

Für heute ist es zu spät dafür, das tragische Finale der Geschichte ist fast vorüber.

Etwas davon muß sie verpaßt haben.

Sie sieht Julia – tot – auf hocherhobenen Händen wird sie wie auf einer Bahre getragen.

Sie hat ihr Brautkleid an.

Der Kopf mit den aufgelösten Haaren hängt tief nach unten – das Gesicht zum Publikum .

„Meine Marie!" will sie rufen – „Es ist genug!"

Der Vorhang fällt ...

Später wird der Vater seine Tochter fest an sich drücken, verlegen zu witzeln versuchen: „Daß Du nur da bist – und nicht tot."

Der Bruder hat Sekt gekauft.

Gekonnt wird er den Korken springen lassen und so seine Rührung verbergen.

Gute Freunde werden Marie beglückwünschen – und sie umarmen.

Am nächsten Morgen wird Maries Mutter mit Muskelkater aufwachen, nicht gleich wissen, woher sie den hat, und sich an ihren Mann schmiegen, weil ihr danach sein wird.

9.11.1995

Mauern

Am Tag vor dem Mauerfall war sie beinah 37.

Wenn man sich eine schlanke Gestalt von mittlerer Größe vorstellt, dazu den Kopf mit kurzem, gekräuselten, dunkelblonden Haar, und bei den Augen verweilt – denn sie sind das Auffallende in dem interessanten Gesicht mit der großen Hakennase und dem weichen, schön geformten Mund –, dann kann man sich langsam ein Bild von ihr machen.

Die Augen sind schön, aber damit sind sie nicht beschrieben.

Blaugrün, dunkel umrahmt von langen Wimpern – man glaubt, in unendliche Tiefen zu sehen.

So ohne weiteres läßt sie nicht jeden bis auf den Grund ihrer Seele schauen, aber wer ihr Freund wurde, ist *eingelassen* bei ihr.

So denke ich mir das jedenfalls.

„In ihren Augen liegt die ungestillte Sehnsucht der jüdischen Seele", sagte mal jemand, und das ist ganz gut getroffen, denn sie ist ja schließlich Kind jüdischer Eltern.

Zum Geburtstag hatte ich ihr Blumen gebracht. Wir hatten uns viel zu erzählen über unsere Erlebnisse seit dem „Mauerdurchlaß".

Wenn ich jetzt an die Tage um den 9. November 1989 denke, fällt mir immer gleich ihre Geschichte ein, die ich endlich mal aufschreiben will: Am Donnerstagabend war sie zeitiger als sonst ins Bett gegangen, weil die laufende Arbeitswoche besonders anstrengend gewesen war.

Sie wollte für den nächsten Tag, der letzte eines Wochenlehrgangs für Krankenschwestern, bei dem sie eine der Trainerinnen war, ausgeruht und wach sein.

Ihre Kinder (Junge neun, Mädel sieben Jahre) schliefen ruhig.

Das Radio auf ihrem Nachttisch ließ sie auch noch weiterdudeln, als sie das Licht ausknipste.

Es half ihr beim Einschlafen.

Der Platz neben ihr war leer. Ihr Mann war die Woche über auf Dienstreise, diesmal zum ersten mal „drüben" in der BRD.

Gegen ein Uhr wachte sie plötzlich wieder auf, wodurch, ließ sich im nachhinein nicht mehr feststellen.

Jedenfalls saß sie einige Minuten lang aufrecht im Bett, versuchte sich zu sammeln und zu erfassen, wo sie warum um diese Zeit (Blick auf die leuchtbezifferte Uhr) so im Bett saß.

Langsam wurde ihre Aufmerksamkeit auf die Hörquelle im Radio gelenkt.

Es brauchte einige Zeit, bis sie begriff, daß es nicht zu einem Traum gehörte, was sie da hörte: *Menschen laufen durch die geöffnete Mauer ... Sie werden nicht daran gehindert ... Sie liegen sich in den Armen ... lachen, weinen ... Auf dem Mauerrand sitzen junge Leute und trinken Sekt ...*

So lange es gedauert hatte, bis sie begriff, so schnell war sie aufgestanden, angezogen – und entschlossen, selbst hinzufahren und sich zu überzeugen, daß das alles wirklich stimmte.

In der Küche ließ sie die kleine Lampe brennen und legte einen Zettel für die Kinder auf den Tisch, falls sie wach würden.

Etwas beklommen war ihr schon, als sie zu so ungewohnter Zeit zum Auto ging.

Deshalb wohl hatte sie den Zündschlüssel so festgehalten. Beim Aufschließen kicherte sie leise über die Druckstellen in der Handfläche.

Sie war dann schnell bis zur Friedrichstraße gefahren und dann an der Mauer.

Erst fassungslos, später begeistert, nahm sie diese unbeschreibliche Stimmung auf – Glückseuphorie!

Und sie war bald mitten unter denen, die sich umarmten, einander zuprosteten ...

Lachen, Schreien, Tanzen, Singen allüberall!

Wie ein Rausch kam ihr das alles vor – glückseliger Schwebezustand!

Gegen fünf saß sie wieder im Bett. Die Kinder schliefen, hatten vom Ausflug ihrer Mutter nichts mitbekommen.

Sie versuchte, das Erlebte zu sortieren, sich zu besinnen und innerlich auf den Arbeitstag umzustellen.

Vielleicht würden die Schwestern heute alle nicht zum Lehrgang kommen?

Ob überhaupt jemand von denen, die heute nacht an der Mauer waren, nach Ostberlin zurückgekommen war – außer ihr?

Immer wieder sah sie zur Uhr, als ob von dort Hilfe für die Strukturierung dieses Freitags kommen könnte. Und es bereitete einige Mühe, pünktlich am Arbeitsort anzukommen.

Kurz und gut: Alle Krankenschwestern waren rechtzeitig gekommen – und auch ihre Kollegin.

Vor Unterrichtsbeginn tauschte man eifrig Informationen aus, erwog einen gemeinsamen Mauerbesuch, ließ dann aber aus Vernunftsgründen diese schöne Idee wieder fallen.

Erstaunlich schnell fand man sich in den letzten Lehrgangstag hinein, der dann auch am frühen Nachmittag gut abgeschlossen werden konnte.

„Und nun?" fragte sich Esther erschöpft. Die Kinder kommen erst gegen Abend nach Hause, ihr Mann konnte auch noch nicht zurück sein.

Wie von selbst führte sie ihr Weg wieder Richtung Grenze.

Unterwegs begründete sie für sich die Zweckmäßigkeit eines Grenzdurchgangs.

„Ich muß ja das Auto holen (sie hatte es am Morgen in der Nähe der Mauer stehenlassen) – hoffentlich hat es keine Beulen abbekommen ..."

Am Checkpoint Charly, wo sie diesmal mit dem Strom der Menschen rüberging, war nicht mehr viel von der Hochstimmung der vergangenen Nacht zu spüren, und wenn Esther die jetzige Stimmung hätte beschreiben sollen, wäre ihr „nachdenklich, melancholisch" eingefallen.

Oder war das nur IHRE Stimmung?

Denn Geschäftigkeit und Trubel gab es auf ihrem Spaziergang entlang der buntbemalten Westseite der Mauer in Richtung Brandenburger Tor genügend.

Und während sie noch überlegt, warum von diesem Glückseligkeitsrausch der letzten Nacht im Moment so gar nichts mehr zu spüren ist, fällt ihr Blick auf eine Reihe von mit frischen Blumen geschmückten Kreuzen und Gedenksteinen – für an der und durch die Mauer umgekommene junge Männer – meist Soldaten.

Sie liest, schaut, liest – und muß unvermittelt weinen. Es kommt aus ihr gelaufen, geschossen und gegluckst. Woher und wofür denn nun das in solchem Maße!?

Vielleicht ist sie in dem Augenblick eine Mutter, die nun so unvermittelt vor ihrem toten Kind steht und erst jetzt Abschied nehmen kann.

Das, was jahrelang nicht denkbar gewesen ist, geschah über Nacht.

Natürlich weiß sie, daß ihr Sohn nicht in dem Alter ist, daß ihm solches hätte geschehen können ... Aber ihr ist plötzlich die Vorstellung so nahe, wie es jetzt einer Mutter ergehen muß, die sich vielleicht jahrelang einzureden versucht hatte, daß die Mauer als Wall gegen den Faschismus dient (um dem Tod ihres Sohnes einen Sinn zu geben) – die steht nun da und erlebt, daß der Schutzwall wie ein Kartenhaus zusammengefallen ist!

Langsam geht Esther weiter, und ihre Gedanken kommen nach und nach wieder in ihre Wirklichkeit zurück.

„Da beschäftige ich mich mit dem Schicksal von Müttern, anstatt zu überlegen, was in nächster Zeit auf mich und meine Familie zukommt ...", mögen ihre Gedanken gewesen sein.

Sie hat kein Kind verloren. Aber eben scheint es leichter gewesen zu sein, für fremde Mütter zu heulen, als für sich selber manches zu durchdenken. – Sie spürt Hitze in sich aufsteigen, als sie mit drei Worten einen Zipfel von den Gedanken erwischt zu haben scheint, die ihr in den nächsten Wochen noch schwer zu schaffen machen werden: Es ist gut, daß ihr noch eine richtige Aufgabe einfällt: Sie wird das Besuchergeld holen – für sich und die Kinder, dreimal hundert DM West.

In der Menschenschlange fühlt sie sich fast geborgen unter denen, die alle zum selben Zweck hier stehen: den BLAUEN holen.

Vielen Anstehenden ist es peinlich, daß sie gleich am ersten möglichen Tag ihr Geld abholen, denn es kommen kurze Unterhaltungen zustande, in denen neben Fragen und Antworten zum organisatorischem Ablauf Begründungen untergebracht werden, warum man heute schon da steht.

Nach einer Zeit wird Esther auf eine Truppe von Jugendlichen aufmerksam, die ziemlich angetrunken zu sein scheinen. Sie schubsen, lärmen und lassen munter Flaschen kreisen.

Zwei von ihnen versuchen, Esther nach hinten zu drängeln. Die läßt sich das natürlich nicht gefallen und verweist die beiden auf ihre Plätze.

Der eine schaut sie an, lange. Das Gesicht wird eckig, verkniffen, und aus ihm kommen die mit bösem Lachen begleiteten Worte: „Wenn der Führer damals ganze Arbeit geleistet hätte, könnte man jetzt ein paar Mark sparen."

Grölendes Gelächter seiner Kumpel quittiert seinen Witz.

Und sie, der diese Worte gelten?

Ihr ist, als trete sie aus sich heraus und beobachte die Frau, die jetzt reagieren muß – so, als säße sie in ihrem eigenen Film, fühlt sie sich.

Außerdem kommen ihr plötzlich ganz unpassende Fragen in den Sinn und stellen sich einer Erwiderung in den Weg, wie: *„Was würde mein Mann jetzt tun, wenn der dabei wäre?"* ... *„Die sahen doch eigentlich gar nicht bösartig aus?"* ... *„Ob ich vergangene Nacht mit einem von ihnen gefeiert habe?"*

Dann erst sagt sie (und sie ist nicht stolz auf ihre Entgegnung): „An meiner Familie hätte man tatsächlich nur dreihundert Mark sparen können. Meine Großmtter, die ins Gas mußte, wäre ohnehin nicht mehr am Leben. Sie würde ihre hundert Mark nicht mehr in Anspruch nehmen."

So etwa wird es sich zugetragen haben, was Esther mir erzählt hat.

Ich umarme sie.

Und traure mit ihr um hoffnungsvolle Kinder und liebevolle Großmütter – die wir verloren haben und doch gerade jetzt so brauchten ...

Februar '96

Sammys Leben

Über Sammys Leben erfuhr ich erst etwas nach seinem Tod.

Vorher muß ich mir was völlig Falsches zusammengedacht haben, wenn ich überhaupt darüber nachdachte.

Irgendwie schien alles klar, was ihn betrifft.

Es konnte ja gar nicht anders sein, als daß er in einem Heim für geistig Behinderte wohnte – oder daß er als freundlich-friedlicher Schwachsinniger auf einer chronischen psychiatrischen Station eine Heimat gefunden hatte.

Etwa so ähnlich wie bei Freddy, der ja auch seit Jahren in der katholischen Klinik wohnt, sich dort im großen Garten nützlich macht oder auch für irgendwelche Leute Altwaren wegbringt, wenn er mit seinem Handwagen voller Flaschen durch die Straßen zieht.

Da fällt mir ein, daß ich auch Freddy eigentlich lange nicht gesehen habe.

Das letzte Mal begegnete ich ihm etwa vor einem Jahr im U-Bahn Tunnel nahe beim Alex.

Dort hatte er seinen Wagen mit Fähnchen, Plaketten und bunten Bändern geschmückt, wie er es immer tut, wenn es ihm gutgeht.

Auch sich selbst schmückt er dann – und zwar mit etlichen Abzeichen, Kinderansteckern, Aufklebern an Hut, Kragen und sogar an den Hosenbeinen.

Wenn es ihm dagegen schlechtgeht, zieht er seinen Wagen grau und ungeschmückt hinter sich her – er selbst ist dann auch eher ein Bild des Jammers, so elend und traurig schaut er aus einem graubraunen Anzug in die Welt.

Aber Gott sei Dank geht es ihm öfters gut als schlecht.

Hier im Stadtbezirk gehört er direkt zum Stadtbild.

Zu DDR-Zeiten, wenn im Nachbarstadtbezirk das Pressefest

vom „Neuen Deutschland", der SED-Zeitung, stattfand, dann zog auch Freddy mit seinem geschmückten Wägelchen zum Park, stellte sich auf und begann zu tanzen.

Mit der Sprache geht er sehr sparsam um, und viele, die ihn noch nie reden hörten, denken, daß er gar nicht sprechen kann.

Auch lächelnd oder gar herzhaft lachend hat ihn, glaube ich, selten jemand erleben können.

Selbst in seinen *Hoch-Zeiten* schaut er ernst und würdevoll mit seinen großen, dunklen Augen aus seinem hochdekorierten Anzug.

Wieso ich mehr als andere von ihm weiß?

Im Krankenhausgarten habe ich ihn etwas näher kennengelernt.

Er harkte die Wege, als ich da vor Jahren auf einer der Bänke saß und dabei war, meine angeknackste Seele zu pflegen.

Ich hatte ihn dort zuerst gar nicht wiedererkannt, so ohne Wagen, ohne sonstiges gewohntes Zubehör – weder überlustig noch tieftraurig, sondern ernsthaft und konzentriert seine Arbeit verrichtend.

Vielleicht hatte ich ihn eine Weile angeschaut, als er aufsah und wie zum Gruß ganz wenig den Kopf neigte. Ich sagte: „Guten Tag."

Dann sahen wir uns öfter.

Manchmal gelang mir vor seinem Kopfnicken mein Gutentagsagen.

Es war fast so, als wetteiferten wir darum, wer den anderen zuerst sieht und seinen persönlichen Gruß anbringen kann.

War er mal nicht da, wenn ich in den Garten ging, fehlte mir was.

Zweimal in der ganzen Zeit kam er eine Weile nach unserer Begrüßung auf mich zu, legte mir wortlos etwas auf den Schoß und wandte sich gleich darauf zum Gehen.

Nach meinem Dankeschön wendete er sich noch mal in meine Richtung, sagte „schön, hm?", um gleich darauf wieder an seine Arbeit zu gehen. – Einmal war es ein kleines krummgewachsenes Zweiglein mit einer winzigen Kirschblüte, das andere Mal ein Kieselstein, etwas weißer und größer als die vielen anderen vom nahen Weg.

Einige Jahre später traf ich ihn bei einer Klub-Weihnachtsfeier in einer Begegnungsstätte für psychisch Kranke.

Er saß für sich alleine, obwohl er mit drei anderen Männern vom Krankenhaus gekommen war. Dann tanzte er auch – alleine, würdevoll, ernsthaft.

Als man ihm zu essen anbot, lehnte er mit Kopfschütteln ab, dann wandte er sich an mich und sagte: „Zu Hause essen."

Er hatte mich also wiedererkannt.

Später fotografierte ich.

Plötzlich zog er mich am Ärmel in eine Zimmerecke, wo er schon einen Stuhl hingestellt hatte, setzte sich darauf in Positur, deutete mit der Hand auf sich und sagte ernsthaft: „Foto bitte."

Das Foto muß er sich kurz darauf im Klub abgeholt haben.

Ich habe ihn wirklich lange nicht gesehen – bestimmt bald ein ganzes Jahr nicht.

Da sah ich ihn, wie schon gesagt, im U-Bahn Tunnel am Alex.

Ich erinnere mich noch, erstaunt gewesen zu sein, ihn hier so zu erleben.

Außer beim Pressefest war er früher nie außerhalb unseres Stadtbezirks zu sehen gewesen und schon gar nicht als Straßenmusikant, als der er sich jetzt zu versuchen schien.

Er war auffallend geschmückt, wie in seinen besten Zeiten, und hatte auch ein paar ganz neue „Westschmuckteile" an Hut und Anzug.

Mit der Ziehharmonika, die auch früher manchmal am Wagen hing, fabrizierte er kaum wiederzuerkennende Melodien. Auf dem Tuch vor ihm lagen etliche Münzen.

„Geldverdienen", sagte er, als ich vorbeikam.

Nun erzähle ich die ganze Zeit von Freddy, obwohl es doch Sammys Geschichte ist!

Aber ich kann eben nicht an Sammy denken, ohne daß mir Freddy in den Sinn kommt.

Wo er jetzt wohl steckt, der Freddy?

Daß ich ihn so lange nicht gesehen habe ...

Sammy war so etwas wie die zweite Ausgabe von Freddy – dachte ich.

Er war allerdings nicht mit einem Wagen unterwegs, dafür hatte er immer die Mundharmonika dabei.

Er prägte auch unseren Stadtteil, aber nicht so, wie es Freddy tut.

Er war auch schon vor der *Wende* zu sehen – und hören.

Er stand meist am Rand des Platzes, der das Zentrum vom Kiez ist.

Er spielte Volkslieder auf seiner Mundharmonika.

Sein Lieblingslied war: „Muß i denn zum Städtele hinaus."

Das konnte ich in den letzten Jahren während der warmen Jahreszeit fast täglich hören, wenn ich von der Straßenbahn nach Hause ging.

Wenn ich es wollte, konnte ich ihm beim Spielen zuschauen.

Er tanzte zum Spielen, zwar ziemlich ungeschickt, aber voller Leidenschaft und Begeisterung.

Ich sah ihm gerne zu, weil es mich fröhlich machte, sah er doch für mich auch so aus, als spiele er aus purer Lust und Freude. – Daß er hin und wieder einen Groschen dafür bekam, mochte ja sein, aber nötig schien er das nicht zu haben.

Sein Spiel war überhaupt nicht auf Wirkung aus – so selbstvergessen gab er sich den eigenen Tönen hin.

Als ich in der Zeitung las: „*Der Obdachlose S. von Jugendlichen erschlagen!*" wäre ich nie auf die Idee gekommen, daß Sammy damit gemeint sein könnte – aber dann sah ich sein Bild neben der Meldung.

Vielleicht wollte ich auch dann noch nicht die Geschichte über sein grausiges Ende aufnehmen, denn ich kam nicht über *„Der Obdachlose S."* hinaus.

Sammy war doch nicht obdachlos! ... Kann er doch gar nicht gewesen sein ...!

Oder etwa doch? ...

Vor der nahegelegenen Kaufhalle hatten Kollegen von der „Platte" sein Bild ans Geländer gebunden.

Darunter brannte für ein paar Tage eine Kerze, wenn der Wind sie nicht gerade mal ausgeblasen hatte.

Blumen hingen im Geländer, auch noch, als sie längst vertrocknet waren.

Und in ungelenker Schreibschrift standen die bald verwischten Zeilen: *Wir grüßen Dich zum letzten Mal, Sammy.*

Vor der Kaufhalle hörte ich die Leute über ihn erzählen.

In der Kaufhalle hing ein vergrößerter Abzug der Zeitungsmeldung.

Nun erfuhr ich etwas von seinem Leben und Sterben: Er sei immer sehr unauffällig gewesen, habe nie jemanden gestört.

Drei angetrunkene Jugendliche fühlten sich von einem Straßenmusiker gestört.

Er sei immer bescheiden gewesen, habe auch die Leute nicht angebettelt.

Sie schlugen auf ihn ein, obwohl er gleich zu spielen aufhörte.

Er sei immer brav in der ihm angewiesenen Ecke geblieben, wenn er sich aufwärmte.

Weil er sich noch bewegte, kehrten sie noch mal um und schlugen weiter, bis er still war.

Er habe nie gestunken und meistens auch ordentliche Sachen angehabt.

Sie zogen ihm die Jacke aus und deckten damit seinen Kopf zu.

Er habe keinen Alkohol getrunken und sei deshalb nie besoffen gewesen.

In die Jackentaschen steckten sie leere Schnapsflaschen.
Für jede Hilfe sei er dankbar gewesen.
Danach räumten sie ihn aus dem Weg.
Sammy soll nie eine Schule besucht haben. Schreiben konnte er auch nicht.

Von Eltern wußte niemand etwas, vielleicht waren die ja auch schon tot, denn Sammy war mit seinen 42 ja auch nicht mehr der Jüngste.

Das Mädchen ist 16 Jahre alt, die beiden Jungen sind 15 und 16.

Sie besuchen die Realschule und kommen aus unbescholtenen Elternhäusern.

Wie alt wird eigentlich Freddy sein? Bestimmt paar Jahre älter als Sammy.

Warum ich ihn so lange nicht gesehen habe?

März '96

Gesund

Wir hatten uns im Bus getroffen und nebeneinander gesetzt.

Wir rechneten nach, ob das wirklich schon mehr als acht Jahre her war, als wir auf einer psychiatrischen Aufnahmestation Kolleginnen waren – sie Krankenschwester, ich Soziotherapeutin.

Ja, sie arbeite immer noch auf derselben Station, erzählt Schwester Ingeborg.

Vieles habe sich seit der Wende dort verändert, aber nicht alles zum Besseren …

„Wieso soll das auch ausgerechnet in der Psychiatrie anders sein als sonstwo …"

Man muß ja froh sein, wenn man überhaupt noch Arbeit hat …

Wir in unserem Alter brauchen uns ja auf dem Arbeitsmarkt gar nicht erst blicken zu lassen … weiß, wovon ich rede …

Mein Alter sitzt seit zwei Jahren zu Hause als Vorruheständler … habe ihm schon vorausgesagt, daß er bald bei uns landet, wenn er so weitermacht mit seinem ‚In-die-Luft-Gestiere' den ganzen Tag …

… Aber die neuen Kollegen, die aus dem Westen, sind Gott sei Dank mit der Zeit wieder stiller geworden …

Zuerst haben die ja so getan, als müßten sie uns beibringen, was 'ne Psychiatrieschwester zu tun hat …

Am Anfang haben die mit uns geredet wie mit Doofen …

Inzwischen haben sie begriffen, daß im Westen ooch bloß mit Wasser gekocht wurde …

Und was die Sozialpsychiatrie angeht, da waren wir in der DDR eigentlich weiter …

Die neuen Schwestern und Pfleger von ‚drüben' staunen ja jetzt manchmal richtig, wenn sie mitkriegen, was wir in der

Fachschwesternschule alles mitmachen mußten an Ausbildung ..."

Eigentlich bin ich ganz froh, daß Schwester Ingeborg so drauflosredete und mich gar nicht zu Wort kommen ließ.

Was hätte ich ihr auch erzählen sollen?

... Daß ich nach der ABM-Stelle wieder arbeitslos bin und gar nicht weiß, ob ich das so schlecht finden soll? ...

Daß ich das, was gerade erzählt wurde, ganz gut nachvollziehen kann – in der Beratungsstelle hatte ich oft mit West-Kolleginnen zu tun, von denen man zwar 'ne Menge lernen konnte, aber gerade da, wo sie ständig belehren wollten, hatten sie keinen blassen Schimmer ...

Sie sprachen von der Psychiatrie wie von ihrem persönlichen Feind, eine psychiatrische Klinik hatte kaum eine jemals von innen gesehen ...

Ich hänge noch solchen Überlegungen nach, als meine ehemalige Kollegin mich plötzlich anschubst und mir zuraunt: „Mensch, können Sie sich noch an den erinnern – wie verrückt der war, wenn er ‚amtsärztlich' kam?

Das ist doch der ... na, wie hieß er doch ... Wellensheimer ... Ja, Wellensheimer ...

Das tut einem natürlich gut, wenn man sieht, daß es einer geschafft hat, was?

Dem würde doch keiner mehr was ansehen, sieht doch ganz normal aus ..."

Sie weist immer wieder mit dem Kopf zu einer großen Person, die ein paar Schritte entfernt mit dem Rücken zu uns stand.

Das soll *der* Herr W. sein?

Ich sehe ihn mir genauer an: Gepflegte Erscheinung, heller Anzug, in den er etwas reingezwängt wirkt, ein gut gebügelter Hemdkragen ist zu erkennen, einen schwarzen Diplomaten- Aktenkoffer hält er in der einen Hand, am Handgelenk der anderen, die sich oben am Griff festhält, trägt er eine gute silberne Uhr ...

Beamter, Angestellter im öffentlichen Dienst, könnte man denken, vielleicht auch Finanzkaufmann oder Banker ...

Ob er es spürt, daß er gemustert wird? Er schaut sich um – sieht uns – und scheint uns zu erkennen.

Ja, die Augen erkenne ich nun auch wieder ...

Unwillkürlich senke ich den Blick und lasse ihn in Höhe seiner Krawatte hängen.

Dezent gemustert ist die, registriere ich – und sitzt ganz wenig schief.

Er schiebt sich zu uns durch und setzt sich: „Da sieht man sich also mal wieder, Sie kommen wohl auch von der Arbeit ..."

„Die Wärme macht einem nach einem anstrengenden Dienst ganz schön zu schaffen ..."

„Daß Sie beide immer noch auf einer Station arbeiten ..."

„Ach, doch nicht mehr ... Sie haben sich auch getroffen ..."

„Ja, danke, Schwester Ingeborg, ich kann nicht klagen gesundheitlich" ...

„Nein, ich arbeite schon lange nicht mehr verkürzt ... bin in einem Ingenieurbüro angestellt ..."

Schwester Ingeborg erhebt sich, gleich wird sie aussteigen.

Beim Verabschieden sagt sie: „Also wissen Sie, Herr W., es ist wirklich schön für uns beide zu erleben, daß Sie jetzt so gesund sind ... daß es mal jemand geschafft hat ... so wie Sie."

Herr W. sitzt mir jetzt gegenüber – neben uns ist jeweils ein freier Platz.

Ich merke, daß er mich ansieht – schaue hoch – wir lächeln verlegen.

Er sagt: „Ja, der Wellenreiter funktioniert wieder – schon jahrelang – seit damals gab's auch keinen *Ärger* mehr mit mir. Nicht mal während der Wende ... da sind andere ausgeflippt."

Auf meine Bemerkung, daß das eher ironisch als glücklich und zufrieden klingen würde, kommt – nun fast zynisch – zurück:

„Was heißt denn glücklich und zufrieden ... *Sie* wollen es wohl wissen!? ..."

Und dann: „Hab' Arbeit, bin gesund ... da muß man ja wohl heutzutage zufrieden sein ..."

Ich sage lieber nicht, daß das letzte ziemlich traurig klang.

Wahrscheinlich haben wir uns noch mal kurz angesehen – und irgendwie auch wiedererkannt ...

Jedenfalls versuchen wir nun keinen „Small talk" mehr, können uns schweigend gegenübersitzen – und Gedanken kommen lassen, die wollen.

Meine gehen zu der Zeit zurück, die Herr W. gerade eben mit „damals" benannt hat:

An einem Vormittag in der Aufnahmestation der sozialpsychiatrischen Klinik für Erwachsene herrscht Aufregung, weil ein „Zugang" den ruhigen Tagesablauf der Station stört.

Gott sei Dank ist der neue Patient allgemein bekannt, und die notwendigen ersten Maßnahmen laufen ohne Störungen ab.

Der Patient hat sein Bett in dem Einzelzimmer bekommen, in dem er nicht zum ersten Mal liegt und auf das er auch gleich zugesteuert war, als er in Begleitung von zwei männlichen Personen der SMH (Schnelle Medizinische Hilfe) die Station betrat.

Auf den kleinen Raum waren die Mitarbeiter eigentlich stolz – denn aus einer ehemaligen „Zelle" war ein annehmbares Krankenzimmer entstanden, mit wenigen hellen Möbeln, ein paar Bildern an den weißgestrichenen Wänden.

Selbstverständlich konnte es vom Patienten jederzeit verlassen werden – wurde also schon lange nicht mehr von außen abgeschlossen.

Herr W. hatte bei der Aufnahme die Spritze vom Assistenzarzt „verweigert", wollte erst mit dem ihm bekannten Oberarzt sprechen. Da er sich gleich ins Bett gelegt hatte und der Oberarzt sowieso auf der Station erwartet wurde, versuchte man nicht, ihn umzustimmen, sondern ließ ihn erst mal allein.

Nach etwa einer halben Stunde bat die Stationsschwester um Hilfe – „Herr W. randaliert, läßt niemanden zu sich rein, scheint mit Gegenständen zu werfen..."

Da ich hoffte, er habe mich von vergangenen Aufenthalten in ganz guter Erinnerung behalten, wollte ich versuchen, zu ihm reinzukommen.

... Ich hatte Glück – er ließ mich zu sich.

Von draußen hatten sich die Geräusche wirklich schlimm angehört.

Das Weinen, Jaulen, Brummen, Japsen, Quietschen, was nach außen drang, hörte sich an, als wäre eine ganze Meute von undefinierbaren Lebewesen im Zimmer.

Ich hatte die kleinen Geräuschpausen genutzt, um mich anzumelden: „Ich, Frau S., möchte zu Ihnen rein. Geben sie mir ein Zeichen, wenn ich darf..." oder so ähnlich.

Ich weiß nicht mehr, was es war, das mich eintreten ließ – jedenfalls war ich irgendwann im Zimmer.

Es sah wüst drinnen aus, und es dauerte eine Zeit, bis ich mich zurechtfinden konnte – und erleichtert feststellte, daß sich das vermeintliche Blut überall – auch an den Wänden – als Kirschsaft entpuppte.

Herr W. hatte also auch ein Glas Kirschkompott gegen die weiße Wand geworfen – Kirschenreste klebten dran, auf dem Boden zwischen Matsch und Saft lagen Glasscherben.

Herr W. war nicht gleich zu sehen, aber wieder zu hören.

Er hatte sich unter die Bettdecke verkrochen.

Ich setzte mich auf die äußerste Bettkante und registrierte, daß die Laute, die unter der Bettdecke hervorkamen, aus der Nähe auch nicht so bedrohlich klangen wie von draußen.

Das waren jetzt eher die Klagelaute eines kleinen Kindes oder das Winseln eines verwundeten Tieres...

Angst vor dem Häufchen Mensch da unter der Decke jedenfalls brauchte ich nicht zu haben.

Ich begann wohl eher mit mir selbst als zu ihm zu reden:

„… Was ist denn hier bloß los … das sieht ja aus … Hoffentlich bekommen wir die Flecken weg … Und das Glas – das kann ja in allen Ritzen stecken … Wenn ich nur wüßte, was ich tun kann, wie ich Ihnen helfen kann …"

So nach und nach bezog ich ihn in mein Reden mit ein.

Nach dem Satz „Sie bekommen dort unter der Decke doch gar nicht genug Luft" schob er die Decke mit beiden Händen nach unten bis etwa zum Bauchnabel, um sich gleich darauf wieder mehr zusammenzukrümmen. Da lag er – wie ein Säugling – sogar den Daumen hatte er im Mund und saugte kräftig daran.

Der andere Arm lag über den Augen.

Sein Atem hob und senkte den Brustkorb, dabei kamen Töne mit.

Unwillkürlich schloß ich die Augen – vielleicht wollte ich nicht, daß er sich später, wenn er sich an die Situation erinnern sollte, schämt, daß er da so bloß liegt – der Mann als Kleinkind?

Aber da war nichts Erniedrigendes oder Unwürdiges an diesem Bild, das ich nun auch mit geschlossenen Augen vor mir sah.

Irgendwie verstand ich, daß hier ein Mensch liegt, der im Augenblick im Inneren etwas erlebt, das ihn mit allen seinen Sinnen erfaßt hat.

Das zieht an ihm, reißt in ihm – droht, ihn zu zersprengen.

Und er hat die Körperhaltung gefunden, in der er das aushalten kann.

Ich sprach, was mir so in den Sinn kam, aus – wieder mehr zu mir selber und in der Hoffnung, daß davon etwas bis zu ihm kommt (?).

So genau erinnere ich mich nicht mehr, aber doch daran, daß ich mir nun keine Sorgen mehr machte, ihn durch mein Dasein zu demütigen..

Irgendwie muß ich gespürt haben, was ich wie tun kann oder

lassen – ich brauchte nur dazusein und meinen Wahrnehmungen gemäß zu handeln.

Klein und hilflos war er – gleichzeitig aber stark und voller Kraft.

Und er kämpfte mit und für sich.

Ich hatte meine Hand auf einen seiner Füße gelegt und merkte, wie er langsam ruhiger atmete.

„Daß bloß jetzt niemand reinkommt und ihm eine Spritze gibt", dachte ich – „dann würde einfach so viel von dem ausgelöscht werden, was jetzt in ihm drin ist und sein augenblickliches Sein ausfüllt.

Er *geht damit um* – es gehört zu ihm.

Man darf es ihm jetzt nicht einfach weg- oder abnehmen durch eine Spritze!"

Das schien mir alles klar und eindeutig, ohne daß ich groß darüber nachdachte.

Ich fühlte mich nicht etwa besonders fähig oder gar dafür auserkoren, ihm zu helfen – aber ich war nun mal da und mußte (oder durfte?) so lange dabeibleiben wie nötig.

Starke Gefühle waren in mir – sehr nahe fühlte ich mich ihm – und doch weit genug entfernt, um etwas reale Welt anbieten zu können.

Jene Wünsche, die mich maßgeblich veranlaßt hatten, zu ihm zu gehen – wie Mitgefühl zeigen oder beschützen wollen – waren weit weggerückt.

Wenn ich ihn jetzt ansehe und er meinen Blick kurz zurückgibt, dann fallen mir auch auch seine Augen „von damals" wieder ein: dieses Leuchten und Brennen in ihnen ...

Flackernde Angst hatte ich gesehen, tiefe Weisheit und grenzenlose Sehnsüchte ...

Ich „durfte" einen feuchten Waschlappen bringen, ihm von Gesicht, Hals und Brust die Saftspuren und den Schweiß abwaschen, er ließ sich beim Haarekämmen helfen. – Das frische Unterhemd, was ich aus seiner Tasche holte, zog er sich schließlich selber über.

Wie lange das alles dauerte, weiß ich nicht mehr, aber daß wir zwischendurch Pausen machten zum „Luftholen", auch das Aufsetzen übten und mal zum Fenster gingen.

Er hatte bis dahin kein Wort zu mir gesprochen – wie viele Verständigungsmöglichkeiten es ohne Worte gibt ...!

Dann kamen Oberarzt und Stationsschwester – Gott sei Dank erst, als ich ruhig um noch etwas Zeit bitten konnte – die gewährt wurde.

Als ich mich schließlich mit Lappen, Besen und Müllschippe daranmachte, die Kirschspuren zu beseitigen, wollte er mithelfen, die Glassplitter aufzusammeln.

Er hörte damit auf, als ich ihn darum bat, weil seine Hände noch so flatterten – und er sich sonst noch schneiden könnte –, saß dann aufrecht auf seinem Bett, die Beine an sich herangezogen und immer auf die Stellen deutend, die noch zu putzen waren.

Er lächelte, als ich etwas von einem komischen Pärchen sagte, das wir beide abgeben würden.

Als wir fertig waren, saßen wir nebeneinander auf dem Bett – und warteten darauf, daß nun gleich Oberarzt und Krankenschwester kommen würden.

Vielleicht haben wir Kindern ähnlich gesehen, die ordentlich gewaschen und frisiert auf die jährliche Schuluntersuchung warten.

Herr W. schaut mich kurz von der Seite an, kaum merkliches Lächeln im hilflos traurigen Gesicht Und dann sagt er: „Ich wollte es diesmal doch so gerne festhalten – es geht eben nicht.

Es muß doch einen Sinn haben, daß ich so was erlebe ...

Wenn ich wieder normal gesund bin, ist das alles vorbei ...

Aber auch meine Farbe geht dann ganz mit weg ..."

Und dann sagt er noch: „Warum bekomme ich das nicht mit in mich rein, was mich so verrückt macht – es gehört doch zu mir?"

Bei der nächsten Station muß ich raus.

Er reicht mir die Hand: „Auf Wiedersehen, alles Gute."

Was heißt schon „Alles Gute" ...

Frühling '96

Die Leisten-Dame

Sie war mir schon in der S-Bahn aufgefallen mit den hohen Latten, die vor ihr standen.

2,50 Meter mochten sie lang gewesen sein und etwa vier Zentimeter breit.

Vielleicht sollten sie Gardinenleisten werden, aber auch als Fußbodenleisten könnte ich sie mir denken.

Ich überlegte, daß solche langen Dinger zwar wenig Gewicht haben, aber trotzdem blöde zu transportieren sind – vor allem beim Ein- und Aussteigen in vollen Bahnen.

Daß die etwa 45jährige Frau sehr sorgfältig gekleidet war, fiel mir auf, und daß Kostüm, Tuch, Hütchen und Handschuhe farblich aufeinander abgestimmt waren.

Sogar die Latten paßten farblich zum beigebraunen Ton ihrer Kleidung, was aber eher die Widersprüchlichkeit des gesamten Arrangements unterstrich.

„Da hat sie sich nun so feingemacht wie zum Sonntagskaffeebesuch, um sich mit diesen Dingern abzurackern", kam mir in den Sinn, und im selben Augenblick fiel mir ein, daß ich mir endlich mal was Neues zum Anziehen kaufen müßte.

Mit meinen fünfzig Jahren sollte ich nicht mehr dauernd mit abgewetzten Jeans und Lederjacke rumlaufen.

Aber beim nochmaligen Blick auf die Dame schwanden Einkaufsgelüste, denn bei allem Respekt vor ihrer Anzugsordnung – mein Geschmack war das nicht.

Was habe auch *ich* nicht schon alles durch die Berliner Verkehrsbetriebe geschleppt!

Auf meinen Wegen trage ich diverse Einkaufstüten, Kollegtaschen, Papierrollen, Eimer, Mappen und anderen Kram mit mir rum, solche oder ähnliche Leisten transportierte ich sicher auch schon – aber Gott sei Dank nicht in solchem Kostüm ...

Daß ich mit meinen Gedanken wieder mal bei mir und meinem Frauenlos angelangt war, ist naheliegend, und was doch von uns tapferen kleinen Frauen immer so selbstverständlich abverlangt wird – die Latten-Dame hatte ich dabei aus den Augen verloren.

Aber nicht für lange, wie sich rausstellte.

Am Bahnhof Greifswalder Straße stieg ich in die Straßenbahn um, setzte mich auf einen leeren Einzelplatz ganz vorn – nahe vor mir stand auch schon wieder die Dame, die Leisten gerade vor ihr bis unters Dach, die linke Hand hielt sie fest. Die rechte Hand hatte einen Griff am Fenster erwischt.

Ich überlegte, ob ich ihr meinen Platz anbieten sollte, verwarf das aber gleich wieder, denn sie hatte ja schon dort gestanden, bevor ich mich setzte – und so stehend konnte sie ihr Handgepäck vielleicht auch besser in Schach halten.

Ganz oben schienen die Latten in Schwingungen zu geraten, gleichmäßige Kreisbewegungen über ihrem Kopf wurden größer und formten sich ab und zu als eine 8.

Ich sah die Frau an – und schaute in das Gesicht einer mehr oder weniger angetrunkenen Person.

Die Mimik gab gegensätzlichste Befindlichkeit preis: Große Konzentrationsleistung bei gleichzeitigem leichten „Abgehobensein", kontrollierte Aufmerksamkeit nach außen, bei genauso intensiver Innenschau im selben Moment.

Ein leichtes Lächeln, das nur durch die etwas verkniffenen Lippen einige Anstrengung verriet, umspielte das rotwangige Angesicht.

Ich hatte wenig Zeit, mich mit den Fragen zu beschäftigen, wann, wo, unter welchen Umständen und mit wem sie was geschluckt hatte (vor allem bewegte mich die Frage, ob sie da schon die Latten gekauft hatte oder es erst danach getan hatte), als ein paar Reihen hinter mir ein stimmgewaltiger, alkoholgetränkter Baß ertönte: „Ick möchte wirklich ma wissen, warum so ville Leute nich beßahln, wenn se mit de Bahn fahrn."

Nicht nur ich versuchte, den Sprecher zu identifizieren.

Halb keck, halb verlegen saß ein paar Reihen hinter mir ein ziemlich großer Arbeitsmann im guten Sakko und schaute Antwort abwartend in die Fahrgastgemeinschaft.

Diese schwieg.

Für eine individuelle Antwort fand sich kein Teilnehmer bereit, eine allgemeingültige traute sich wohl keiner der Anwesenden zu – doch, meine Leistendame durchschnitt das Schweigen.

Gut artikulierend, mit etwas hochgepreßter Stimme teilte sie mit: „Es gibt verschiedene Möglichkeiten, lieber Herr, an der Fahrt teilzunehmen.

Viele Menschen haben eine Umweltkarte, die sie bei Fahrtantritt nicht mehr hochzeigen müssen, wie das früher mal der Fall war.

Auch Fahrgäste mit Schwerstbeschädigtenausweis müssen ihren Fahrschein nicht am Locher entwerten, und so gibt es noch viele andere Besonderheiten, die im einzelnen zu erklären zu umständlich wäre."

Alle Personen in der halbgefüllten Bahn schienen den Ausführungen aufmerksam zugehört zu haben, keine Zwischenbemerkungen, nicht einmal ein Räuspern hatten sie gestört.

Der Baß fühlte sich zur Antwort verpflichtet: „Ick wollt's ja och nur ma' wissen, int'ressiert ei'm ja, wie die Mitmensch'n so fahr'n heutzutage."

Wieder Schweigen, dann wieder er, an alle Mitfahrenden gewandt, glaube ich: „Ick fahr' ja sonst nich' mit de Bahn, außa, wenn ick's Auto ma' steh'n lasse, weil'ck'n Bierchen trinke.

Ick hab' ma näml'ch mit'm alt'n Kunmpel jetroffen, den ick ewich nich' jesehn habe.

Dem jeht's ooch nich' so jut, sitzt nu' ooch schon lange uf de Warteschleife – da kanner wart'n!

Ick hab' ja meene Arbeet, mußte natürlich beßahl'n, mach ick ja jerne ...

Aber det hier nu eene Fahrt inßwisch'n ooch fast drei Mark kostet, is ja nich' zu knapp …"

Seine Rede schien beendet, Ruhe kehrte ein, der Student nicht weit von mir schlug wieder sein schlaues Buch auf …

Vielleicht fühlte sich der Baß in der schweigenden Gemeinschaft geborgen und verstanden, jedenfalls hob er wieder zu reden an: „Ick hab' mein' Fahrschein ordnungsjemäß beßahlt, klar, aba keena außer mir, seit ick hier drinne bin, war an dem Knipskasten. Is doch komisch, wa?"

„Aber ich hatte Ihnen doch bereits erläutert, daß man nicht unbedingt den Fahrscheinknipser betätigen muß", ließ sich die Dame mit ihren schwankenden Leisten vernehmen.

Täuschte ich mich, oder war die weinselige Röte hektischen Flecken im Gesicht gewichen?

Vom weiter entfernten Platz des Baß-Arbeiters aus könnten die Leisten vielleicht eher wie der vorwurfsvoll gereckte Zeigestock einer gestrengen Unterstufenlehrerin wirken oder wie einstens die Fahnenstange neben der Pionierleiterin, die zur Fahnenappellmeldung antreten ließ.

Jedenfalls kam zaghaft, wenn auch nachhaltig verteidigend vom Baß: „Ick wüll ja nüscht jesacht ham, ma' wird ja ma' frach'n dürf'n, oda?" Schweigen …

Und dann, nun wieder nachdrücklicher: „Hätte ja sojar Vaständnis, wenn hier eener nich' beßahlt!

Mensch, dit mußte ma übalejen …

Vor det Jeld hättste im Osten fahrn könn', bis de schwarz wirst … Ohne schwarz zu fahrn!"

Dröhnend lachte er über seinen Witz, aber nicht lange, denn die nun keifende Stimme der Leistendame durchschnitt sein Gelächter und ließ ihn augenblicklich für den Rest der Fahrt verstummen: „HIER FÄHRT KEIN FAHRGAST SCHWARZ! DAFÜR VERBÜRGE ICH MICH!"

Für diesen abschließenden, allgemein geltend machenden Satz hatte sie tatsächlich fast strammgestanden, unter Aufbietung all ihrer Kräfte, nehme ich an, denn anschließend kreisten ihre Latten mit ausladenden Bewegungen und wurden erst kurz vor dem Ausstieg ihrer Besitzerin wieder einigermaßen in Ruhe gebracht.

Dann allerdings konnte ich nur staunen, mit welcher blitzartigen Geschwindigkeit sie mitsamt ihren Latten die Bahn verlassen hat: Kurzes Anliften, Abkippen, beim Türöffnen geschicktes Nachvornegleitenlassen – und würdevolles eigenes Absteigen gelang, ohne daß auch nur das Hütchen um die Peinlichkeit eines halben Zentimeters verrutschte ...

Da saß ich nun und hatte noch für ein paar Haltestellen Zeit zum Nachdenken.

Frühling 1996

Akten-Einsichten

Viel zu früh ist sie am verabredeten Ort vor dem Eingang A in der Ruschestraße.

Das ist ganz gut, weil ihr Zeit bleibt, sich vorzubereiten – Griff nach Kamm und Spiegel, verstohlener Blick in letzteren.

Das Aussehen ist zufriedenstellend – die Nervosität ihr nicht anzusehen.

Als sie sich umblickt und einige Leute mit Aktentaschen mehr oder weniger geschäftig hin- und hergehen sieht, findet sie die Situation schon wieder so komisch, daß sich in ihrem Gesicht ein Grinsen ausbreitet und der Bauch vor unterdrücktem Lachen zu wackeln beginnt – genauso wie vorhin in der U-Bahn, als die Einladung runtergefallen war.

Ein junger Mann hatte diese aufgehoben und ihr wiedergegeben.

Die ganze Fahrt über hatte sie sich zwanghaft vorstellen müssen, der junge Mann habe den Absender gelesen, und sie müsse ihm nun erklären, warum sie und ihr Mann vom *Bundesbeauftragten für die Unterlagen des Staatssicherheitsdienstes* eine Einladung bekommen haben.

Vielleicht so: „Ja, wir können nun endlich unsere Stasi-Akten einsehen, nein, wir waren nicht bei der Stasi, werden aber heute endlich erfahren, wer uns wie bespitzelt hat ..."

Der junge Mann hatte sie die ganze Zeit mit großen, ernsten Augen aufmerksam angesehen. Sie kam sich plötzlich wie mitten in einem Film vor – vielleicht einem Stummfilm mit Buster Keaton in der Rolle des jungen Mannes.

Verrückt, daß sie alle Mühe aufbringen mußte, nicht loszuprusten ...

Und jetzt geht das wieder los:

Die Menschen mit ihren Aktentaschen wirken wie Statisten,

diese gewichtigen Gebäude der Ruschestraße, die viereckigen Rasenflächen vor den Hintereingängen und die spärlichen Bäume wie Filmkulissen. Sie hält wieder die Einladung in der Hand – und kämpft mit diesem „Lachenmüssen".

Sie erinnert sich – mehr als dreißig Jahre ist das her: Lateinunterricht. Der hochgeschätzte Lehrer zeigte Verständnis für die dauernd kichernde Schülerin und schickte sie raus: „Vielleicht trinken Sie draußen einen Schluck Wasser und kommen dann wieder rein."

Kaum vor der Tür – das Lachen war weg.

Sie nahm trotzdem einen Schluck, betrat das Klassenzimmer – und prustete wieder los.

Sie fand das damals überhaupt nicht lustig – eher quälend.

Sie ist jetzt fünfzig – und kein 17jähriges Mädchen mehr, dem solche Lachanfälle zustehen.

Ihr Mann kommt – wie immer in letzter Minute, mit wehender Jacke und großen Schritten.

Die Füße sind heute besonders nach außen gerichtet – sie könnte ohne Mühe an ihrem „Stummfilmerlebnis" weiterbasteln – jetzt mit Charly Chaplin in der Rolle ihres Mannes.

Aber sie gehen schon auf das Tor zu, hinter dem ihnen *Einsichten* gewährt werden sollen.

Ihrem „Ist das nicht alles irgendwie komisch?" hört er gar nicht zu – die Pforte ist erreicht.

Sie werden freundlich aufgefordert, Platz zu nehmen.

Er fingert am Verschluß seiner lieben, braunen Umhängetasche. Sie bemerkt erschrocken: Seine Finger zittern – und blaß ist er auch.

Er schaut sie an – und scheint ihr grinsendes Gesicht als Arglosigkeit, Unbedenklichkeit oder etwas in der Art mißzuverstehen. „Dir scheint das ja gar nichts auszumachen."

Die Sachbearbeiterin der *aufgefundenen Unterlagen* kommt und führt sie zur *vorbereitenden Information* in ihr Zimmer.

Drei Akten liegen vor der Gauck-Mitarbeiterin, zwei ziemlich dicke und eine dünne.

Sie sagt einen Text auf, den sie in ganz ähnlichem Wortlaut bestimmt schon viele Male gesprochen hat:

„Zuerst Ihre gemeinsame Akte – die können Sie zusammen lesen bzw. beide einsehen ... Die gelben Umschläge zwischen manchen Seiten (das sind viele, machen bestimmt die Hälfte des Gesamtwerkes aus) *handeln von anderen Personen, die im Rahmen des Vorgangs auch eine Rolle spielen. Lassen Sie die bitte geschlossen. Sollten Sie beim Lesen Gründe finden, in bestimmte Vorgänge anderer Personen Einsicht nehmen zu wollen, sagen Sie mir das nach dem Selbststudium, dann können wir in meinem Beisein den einen oder anderen Umschlag öffnen."*

Die Bearbeiterin behält die *Gemeinschaftsakte* selbst, überreicht dann eine zweite *ihr* – und schließlich die letzte *ihm*. Das ist die dünnste, was beide wundert. Allerdings registriert *sie* auch einen Anflug von Stolz über ihre dickere Akte, worüber sie schon wieder kichern möchte.

Sie werden belehrt, keine *Einsichtsbefugnis* in die Akte des anderen zu haben, unterschreiben, daß sie darüber belehrt wurden, und auch das mit den Umschlägen.

Sie werden zum Lesesaal geführt.

Der Raum mit dem Interieur wirkt auf sie wie eine Mischung von Schule und Uni-Bibliothek.

Drei Zweiertische stehen mit jeweils zwei Stühlen neben- und hintereinander.

Dazwischen ist Platz zum Durchgehen, wodurch Wand-, Mittel- und Fensterreihe entstehen. Vorne sitzt eine Person – zur Aufsicht?

Den beiden wird ein Platz am letzten Tisch der Fensterreihe zugewiesen.

Die Sachbearbeiterin legt die gemeinsame Akte ziemlich genau in Tischmitte und verschwindet.

Sie schaut sich um, sieht, daß außer ihnen beiden die anderen Tische mit jeweils nur einer Person besetzt sind.

Direkt vor ihnen sitzt eine Frau, jünger als sie, und hat einen Riesenstapel Akten vor sich, links blättert ein alter, hagerer Mann in seinem einzigen hauchdünnen Bändchen, hin und wieder über die Hornbrille blickend.

Dann fällt ihr noch ein junger Mann mit Löwenmähne auf, der es sich auf seinem Sitzplatz gemütlich gemacht hat – den Stuhl halb rumgerückt, die Füße auf der Leiste des leeren Stuhles neben sich, ein gewaltiger Aktenband auf dem Schoß, ein weiterer aufgeschlagen, quer über dem ganzen Tisch liegend.

Sie fühlt schon wieder den Lachreiz in sich aufsteigen – über das alles ringsum.

Sie versucht, ihrem Mann den komischen Eindruck nahezubringen, der dieser Lesesaal vermittelt, aber er, sonst lachbereiter als sie und für Situationskomik eigentlich immer empfänglich, hat kaum Verständnis für ihr Geflüster.

Sie verstummt schuldbewußt und besinnt sich: „Er sitzt unter viel größerem Druck als ich hier, erwartet aus guten Gründen viel mehr Aufklärung von dieser Lesestunde ..."

Sie vertieft sich in ihre Akte, findet Aufzeichnungen von Zeiten, in denen sie noch Studentin war.

Nicht im Traum hätte sie daran gedacht, damals bespitzelt worden zu sein.

Hausbewohner waren interviewt worden über ihre Herkunft, ihr Benehmen ...

Einen Lebenslauf über ihre ältere Schwester findet sie, in dem man ins Detail geht, aber, was die Fakten angeht, einiges durcheinandergebracht hat.

„Sie hat auch ein uneheliches Kind ... Kindesvater X ... ist Schauspieler ..."

(Die Namen vom Kindesvater und vom späteren Ehemann wurden verwechselt.)

Nur mit Mühe kann sie sich auf den Inhalt des *Vorgangsbe-*

richtes des *Ermittlers* konzentrieren, weil Stil und Ausdrucksweise an Aufsätze von Drittkläßlern erinnern.

Sie ertappt sich dabei, Rechtschreibefehler und falsch gesetzte Kommas korrigieren zu wollen ...

„Da haben die also Studenten rausgesucht, um sie mit bestimmten Aufträgen nach dem Westen zu schicken", denkt sie und: „Ich bin wohl nicht in die nähere Auswahl gekommen – aber wer kann denn diese geschriebenen Ergüsse jemals ernst genommen haben?"

Sie bleibt an einem Satz hängen, in dem von ihren Dolmetschereinsätzen in Leipzig die Rede ist – und muß schon wieder lachen: *„Die S. scheint das fröhliche Leben vorzuziehen und kann bei gesellschaftlicher Arbeit bestimmt nicht genug ernsthaft sein."*

So also hat der *Ermittler* sie erlebt?! ... Und dabei war sie damals doch still und vergrübelt – und für den Aufbau des Sozialismus hätte sie alles tun wollen! ...

Bei einem anderen Satz hätte ihr schon das Lachen vergehen können, aber auch den findet sie nur dumm – und komisch: *„Bei ihrer Kontaktfähigkeit und ihrem Aussehen ist es gut möglich, daß sie für Liebesdienste Geschenke angenommen hat."*

Wie eine ungehörige Schülerin kommt sie sich vor, als sie verstohlen ihrem Mann die Akte zuschiebt – *den* Satz mußte er lesen.

„Das ist ja nicht zu fassen", murmelt der – und grient nun wohl auch zum ersten Mal.

Durch einen zweiten *Vorgang* muß sie sich wühlen – der liest sich noch schwieriger, nicht etwa wegen des ausgefeilteren Stils, aber sie braucht ihr ganzes Erinnerungsvermögen und außerdem die Hilfe ihres Mannes, um dahinterzukommen, worum es da eigentlich geht.

Nicht sie selbst steht hier im Mittelpunkt der Beobachtungen, sondern eine tschechische Kollegin.

„Mein Gott, das war doch dieser internationale Musikkurs '80 in Leipzig, als ich die Jitka kennenlernte. Wir fanden uns nett und tauschten die Adressen aus ...

Jitka war also in der Solidarność-Bewegung aktiv, und ich hatte keine Ahnung davon!

Unsere „hilfsbereiten" deutschen Stasi-Leute halfen dem tschechischen Geheimdienst, über alle möglichen deutschen Bekannten Material gegen sie zu sammeln ... Das ist ja säuisch!"

Die *Gemeinschaftsakte* legt dann auch vor allem Zeugnis ab über diese tschechisch-DDR-deutsche Geheimdienstfreundschaft.

Mühsam, langweilig, verworren – vieles ist nicht zu entschlüsseln, was da so steht.

Ein dicker, gelber Umschlag fesselt beider Aufmerksamkeit. Auf dem steht der Name ihrer Tochter. Vorsichtig, mit ängstlichen Blicken nach vorne schauen sie rein.

Viele Zettelchen liegen drin – das können sie erkennen.

Kommen wirklich strenge Blicke vom Aufsichtspult – oder bilden sie sich das nur ein?

Sie lassen lieber erst mal die Finger davon, wollen später die Sachbearbeiterin danach fragen.

Weder sie noch ihr Mann haben irgend etwas in ihren Akten gefunden, worüber sie Aufklärung erhofft hatten.

Keine Vorgänge aus den Zeiten, in denen sie tatsächlich mit *konspirativen* Leuten zusammengekommen waren bzw. mit Kollegen gearbeitet hatten, die schon längst als *Informelle Mitarbeiter* enttarnt sind ...

Mehrere *Code-Namen* von *Ermittlern* notieren sie, um deren Entschlüsselung zu beantragen.

Seine Akte besteht aus einem Lebenslauf – wieder genau in zum Teil unrichtigen Einzelheiten – und einer Notiz über eine geplante *Werbung zur operativen Mitarbeit*.

Tabellenspalten für geplante Zusammenkünfte *(Kontakt 1/ Kontakt 2)* wurden vorgetragen, blieben aber leer.

In der Überschrift ist schon der für den zukünftigen *Informellen Mitarbeiter* ausgedachte Name zu lesen: *IM Neuerer* – bestimmt, weil er jahrelang die *Neuerervorschläge im Kollektiv* entgegengenommen hatte.

Die *Akten-Nachbesprechung* im Zimmer der Sachbearbeiterin beginnt mit einer Entschuldigung derselben: Sie seien erst so spät *zur Einsicht geladen worden,* weil man fälschlicherweise angenommen habe, es handele sich bei *ihm* um eine *IM-Akte.*

Diese Bürger hätten zwar auch ein Recht, ihre *Akten einzusehen,* aber natürlich erst *nach den anderen ...*

Der dicke gelbe Tochter-Umschlag wird auf dem Tisch ausgeschüttet – und heraus fallen zahllose Brieflein in unterschiedlichsten Größen und Farben.

Sie sind bemalt und mit Bildchen beklebt.

Von Pfeilen durchzogene Herzen hinterlassen Blutstropfen; Kleeblätter, Glücksschweine Vergißmeinicht-Buketts und Täubchen mit Zetteln im Schnabel finden sich neben Poesiesprüchlein in Russisch und Deutsch.

Sie ergänzen oder schmücken harte biographische Fakten: „Moja mama rabotaet w fabrike ..."

Da liegen also die Kopien des gesamten Freundschafts-Briefwechsel ihrer Tochter – dritte und vierte Klasse mit erweitertem Russischunterricht!

Die russischen, tschechischen und rumänischen Brieffreundinnen hatten keine Mühe gescheut und auch deutsche Sätze gewagt: *„Ich cheisen Galja, auf ewig Dich liebende ..."*

Die drei sitzen, die zwei entziffern – und lassen ihre Gedanken laut werden: *„Anne ist jetzt 24, wenn die das sehen könnte!* ...

Was für feine Kopiergeräte die damals schon bei der Stasi hatten! In Zeiten, da wir auf der Arbeit noch mit Ormik abzogen! ...

Das ist ja wohl das letzte, Kinder zu bespitzeln!"

Der Sachbearbeiterin gelingt es nur mühsam, ihr distanziert-freundliches Lächeln aufrechtzuerhalten, und schließlich stopft sie die Zeugnisse kindlich-sozialistischen Briefwechsels zurück in den Umschlag.

Seine letzte Frage, ob denn noch mit jüngeren Aktenfunden zu rechnen sei und sich eine erneute Akten-Einsicht-Beantragung lohnen könne, beantwortet sie positv: *„Etliche Kollegen und Bundeswehrsoldaten sitzen und arbeiten noch an Kilometern von Säcken ..."*

„Er kann gerne noch mal hergehen", denkt sie, „für mich kommt das nicht noch mal in Frage!"

Draußen zeigt sie ihm zwei Paßbilder, die sie aus ihrer Akte geklaut hat.

Auf dem einen ist sie so alt, wie jetzt ihr Sohn ist, auf dem anderen hat sie das Alter ihrer Tochter.

Richtig stolz ist sie über ihren Gaunerstreich.

„Da waren noch genug andere – sogar Negative, die können ja welche nachmachen, wenn sie die brauchen ..."

Nicht gleich danach, erst viele Stunden später merkt sie, daß die ganze Sache doch gar nicht so komisch war wie im Augenblick des Geschehens erlebt: Sie merkt das an ihrer Wut, die sie in sich spürt, und den nicht enden wollenden Grübeleien.

„Wir wußten doch, daß die überall waren – und haben trotzdem relativ ruhig damit gelebt ...

Als ob die einem ihre Wanzen in die Seele eingepflanzt haben ...

Nicht mal auf dem Klo konnte man sicher sein, alleine zu sein ..."

Sie versteht nun nicht mehr, wieso sie über den Satz mit den „Liebes-Geschenken" lachen konnte.

„Das ist alles so würdelos, dumm und scheinbar ohne jeden Sinn! ...

„Haben die wirklich geglaubt, Menschen auf diese Weise erkennen zu können? ...

„Oder ging es gar nicht erst darum, sondern nur ums Bloßmachen und Bloßstellen – um es bei Bedarf gegen die Person zu verwenden?"

Gegen sie wurde nie etwas verwendet – sie kann sich nicht darüber freuen ...

November 1966

Kaffeepause

„Da ist er ja wieder", denkt sie und schaut von ihrem Sitzplatz beim Café-Stand in der Nähe des Tagungssaals aus zu, wie sich der Mann den Weg durch die Menge bahnt.

Er ist auffällig bepackt – und auch sonst nicht zu übersehen.

Die vielen Leute ringsum scheinen ihm auszuweichen, bevor er ihnen zu nahe kommen kann.

Große, hagere, langhaarige, bärtige Gestalt, schwärzliche Kunstlederjacke, gräuliches Jackett, weißliches Hemd, gelockerter, bräunlich gemusterter Binder, weißbeige Cordsamthose ...

Alle Kleidungsstücke sehen so aus, als hätten sie beim Träger viele Jahre ausgeharrt, bis sie wieder halbwegs in Mode gekommen sind.

Sein natürlicher weißgrauer Kopfschmuck scheint sich mühevollen Pflegeversuchen widersetzt zu haben – der spitz nach unten gekämmte Bart weist deutlich nach einer Seite, die Krawatte fast ebenso weit nach der anderen.

Die runde, aluminiumumrandete Brille hat dicke runde Gläser und legt sich mit ihren Bügeln eng um die großen Ohren. Sie sieht aus wie selbstgebastelt, vielleicht auch deshalb, weil auf ihr noch ein Sonnenbrillengestell klemmt – mit länglichen Gläsern, die je nach Bedarf hoch- und runtergeklappt werden können.

Irgendwie scheint an seiner Erscheinung überhaupt alles nur „fast" zu sein und deshalb wie „genau daneben" zu wirken.

Die einzelnen Kleidungsteile verdienen nur fast ihren Namen und treffen nur fast ihren angezielten Farbton.

Alles, was er an und bei sich trägt, weicht ganz wenig ab vom Normalen, was schließlich die Person im Ganzen total unnormal wirken läßt.

Sein Alter ist schwer zu schätzen, zwischen 45 und 70 könnte alles möglich sein.

Unter seinem rechten Arm klemmt wieder diese dicke rötliche Mappe, einem Aktenordner ähnlich; in ihr sind mehrere Schriftenbündel eingeheftet, die mit einer Art Packpapier voneinander getrennt sind.

Dieses Gepäckstück war ihr schon am Vormitag an ihm aufgefallen und auch, daß er es immer so bei sich zu tragen scheint.

Zwei Plastetüten hat er in der linken Hand.

Er könnte einer von denen sein, die man Penner, Säufer, Obdachloser oder Verrückter nennt, beim genaueren Hinsehen trifft auch wieder keine der Bezeichnungen richtig zu ...

Jedenfalls gehört er zu den Menschen, deren Erscheinen eine Art Peinlichkeit hervorruft, weil man sich ihnen gegenüber nicht recht zu verhalten weiß – und dann lieber ausweicht oder wenigstens wegsieht, bevor es zum Kontakt kommen muß.

Und jetzt – geht er tatsächlich auf ihren Zweier-Tisch zu.

Kaum, daß sie das wahrnimmt und sieht, wie er dazu mit der Hand des Akten-Halte-Armes die Sonnenbrille hochklappt, hört sie die Frage: „Kann ich mich zu Ihnen gesellen?"

Ihr gestottertes „Aber ja, natürlich" steht in keinem Verhältnis zu seiner formvollendeten angedeuteten kleinen Verbeugung, die seine Frage begleitet.

Mit Schwung befördert er die beiden Plastetüten auf den freien Stuhl (die eine mit gerade noch zu erkennenden Weihnachtsmotiven – das Fest muß vor etlichen Jahren gewesen sein), lächelt sie dann mit seinen brillenvergrößerten Augen kurz an – und steuert auf die Kaffeebar zu, die Schriftenmappe weiter unter dem Arm.

Vor ihm sind noch andere Kaffeedurstige in der Schlange.

Er klappt die Sonnenbrillengläser runter – um sich die Wartezeit mit Innenschau zu verkürzen? Oder weil er sich schon für die bevorstehenden Tätigkeiten konzentrieren will?

Und die sind dann wahrlich zu bestaunen ob ihres zügigen, geschickten Handlungsablaufes: Sonnenbrille hochklappen, sich mit dem Kopf dicht zur Angebotstafel beugen, um einen Informationsblick zu werfen, Espresso bestellen, das Geld mit der linken Hand aus der rechten Hosentasche befördern und es auf die Theke legen.

Dann nimmt die rechte Hand das Geld und übergibt es der Bardame, wobei der freie Unterarm hilft (der Oberarm hält ja die Mappe).

Und schon wird der Rückweg angetreten – mit dem Mokkatäßchen auf der linken Handfläche.

Sie hat die beiden Tüten vom Sitz genommen, er neigt zum Dankeschön den Kopf und läßt sich nieder.

Die Aktenmappe bleibt weiter unter dem rechten Arm.

Ein neues, fast akrobatisches Zeremoniell beginnt, in dessen Verlauf der Kaffee gesüßt und umgerührt, dann aus der Weihnachtstüte ein dunkelbraunes Achtelliterfläschchen nach oben befördert und entkorkt wird.

Etwa ein Teelöffel voll klare Flüssigkeit (Medizin? Wasser?) schwappt in den Espresso.

Nicht mehr benötigte Utensilien werden wieder verstaut.

Der Akt des Kaffeetrinkens kann beginnen, wozu die Brillengläser wieder runtergeklappt werden.

Das Ganze ist so im Fluß und ohne jede Hektik abgelaufen (trotz Mappe unterm Arm), daß es tatsächlich eher an ein rhythmisches Spiel oder eine Zeremonie erinnert als an das, was es ja eigentlich ist – eine Kaffeepause.

Unsere Zuschauerin nimmt gleichermaßen erleichtert und staunend zur Kenntnis, daß sie den Impuls, Hilfe anbieten zu wollen, getrost zurücknehmen kann.

Sie sieht ihm zu und spürt dabei, daß sie das nun auch ohne jedes Gefühl der Peinlichkeit tun kann.

Und *wie* er den Kaffee zu sich nimmt, *ist* sehenswert: Die linke Hand führt die kleine Tasse zum Mund, der ihr entgegenkommt und sich vor dem Öffnen leicht wölbt. – Wenigstens ein Atemzug vergeht, damit die Nase mit ihrem Sinn am Trinkerlebnis beteiligt ist.

Wenn der Kaffee im Mund ist, bleibt er dort eine Weile, wird geschmeckt und gefühlt.

Tiefe Atemzüge begleiten den Genuß. Der ganze Mensch ist dabei.

Jede seiner Bewegungen wirkt bedacht und gleichzeitig gelöst, leicht und doch bedeutungsvoll, ruhig, aber fließend.

„Wie er da so sitzt und seinen Espresso trinkt – die Mappe wie zur Person gehörend unterm Arm – geht ein Zauber von ihm aus", denkt sie und wagt kaum zu atmen aus Furcht, diesen zu stören.

Ihr ist, als ob sie einem meditativen Tanz zusieht.

Um ihn für seine letzten Schlucke unbeobachtet zu lassen, wendet sie sich ihrem Kaffee zu.

Sie kann ihn jetzt bewußt schmecken.

Er ist aufgestanden – leichte Verbeugung. „Ihnen ein ‚Gott befohlen'", sagt er.

„Auf Wiedersehen."

Beide sehen sich an. Die Visiere sind hochgeklappt.

Er nimmt wieder die beiden Plastetüten in die linke Hand – und geht davon.

Wer sie jetzt so lächelnd sitzen sieht und das ungleiche Paar vorher ein wenig beobachtet hat, wird denken, sie lächelt über den komischen Alten, und nicht erraten, was ihr gerade wirklich durch den Kopf geht: „Wenn ich ihm während der Tagung noch mal begegne, kommen wir bestimmt ins Gespräch. Ich werde ihn auch nach der Mappe fragen können, die er wie einen Schatz bei sich trägt. Vielleicht läßt er mich sogar mal reinschauen ..."

„Darf ich mich zu Ihnen gesellen?"

Gott behüte ihn mit seiner Frage.

Freundin Ruth

Vor kurzem sagtest Du – wie nebenbei, aber nicht ohne vorwurfsvollen Unterton: „Komisch, daß Du damals nicht zu mir gekommen bist, als Du Hilfe brauchtest. Ich hätte das schon erwartet nach den vielen Jahren, in denen wir Freunde sind."

Daß Du das so sagtest, beschäftigt mich immer noch.

Es hörte sich nämlich so an wie: „Ich habe immer zu Dir gehalten und Dich auch in schweren Zeiten nie im Stich gelassen – warum hast Du so wenig Vertrauen zu mir?"

Aber vielleicht spinne ich mir da was zusammen ...

Denn Du weißt doch in Wahrheit, daß ich es weiß: Zu Dir könnte ich immer kommen – Du würdest mich niemals zurückweisen ...

Wie lange kennen wir uns eigentlich schon? Mehr als zwanzig Jahre!

An zwei Geschehnisse will ich mich erinnern.

Das erste geschah im Sommer 1985.

Ferienlager in Mecklenburg – die Ärztin Ruth war als Wirtschaftsleiterin mitgefahren.

An einem Vormittag ist große Aufregung.

Auf den Armen eines Helfers wird ihr elfjähriger Sohn herangetragen – begleitet von einer großen Traube Kinder.

Die Krankenschwester ist ein paar Schritte vorausgelaufen und ruft schon von weitem, das Kind sei schwerverletzt.

Das Bild ist schrecklich genug – vom Tor aus sehen wir: Der Junge blutüberströmt – Spuren von Blut auch auf der Kleidung des Helfers und auf dem Weg.

Zuerst hindert Ruth (blaß um die Nase herum, aber betont konzentriert und ruhig handelnd) die Krankenschwester daran, sofort einen Krankenwagen herbeizuholen – unser Ferienheim hatte ohnehin kein Telefon, und bis zur Poststelle war es weit – und geht dann mit den Worten „Na komm, mein Söhnlein" auf denselben zu, setzt sich mit ihm auf den nächststehenden Stuhl und bittet die Anwesenden, sie mit ihm allein zu lassen. Ich darf bleiben, um ihr zur Hand zu gehen.

Sie untersucht die Kopfplatzwunde und verbindet diese schließlich so, wie ihr Mann es ihr mal gezeigt hat (er ist Chirurg).

Mir schien das alles wie in einer Art Zeitlupentempo vor sich zu gehen, kein Handgriff zuwenig, keiner zuviel.

Daß dies ihre ganze Konzentration erfordert, kann ich bemerken, weil ich sie gut kenne.

Für Außenstehende würde es eher so aussehen, als langweile sie ihr Tun.

Schließlich bringen wir den Jungen ins Bett, und ich bleibe noch bei ihm sitzen, bis er eingeschlafen ist.

Als ich Ruth suche, um ihr zu sagen, daß ihr Sohn friedlich schläft, höre ich Stöhnen vom WC. – Nun kann ich mir schon denken, was sie mir kurz darauf verlegen lächelnd eingesteht: „Ich mußte brechen, als alles erledigt war."

Das zweite passierte im Frühsommer 1988.

Noch ist an Wende nicht zu denken, und Berlin-Marzahn sieht wie eh und je aus.

In Marzahn-Nord gibt es die gleichen schon ergrauten Neubauten wie woanders auch.

Zielt man aber die Nummer 44 an, bemerkt man schon beim Näherkommen: Dieses Haus wirkt erfreulich anders – und ist auch überhaupt nicht grau.

Mit Grünpflanzen, die sich bis weit über die erste Etage hochziehen, ist es geschmückt. Außerdem ist an beiden Seiten des Eingangs ein fröhlich blühendes Gartengrundstück angelegt. Und geht man um das Haus herum, sieht man auch da wieder viel Grün.

Daß dies alles auf ihre Initiative zurückging, weiß ich, weil sie mir die „Pflanz-Geschichte" des Hauses erzählte, als ich beim Anschauen neuer Blumen danach fragte.

An einem Tag im Juni wird es zu ungewohnter Zeit im Haus unruhig. Gegen Abend ziehen sich sonst die Mieter zum Feierabend in ihre vier Wände zurück, an diesem Tag aber wird es um diese Zeit so richtig lebendig: Die Mieter kommen aus ihren Wohnungen, versammeln sich zuerst unten im Treppenflur und dann draußen vor der Haustür.

Ruth hat „das Haus" zusammengetrommelt. Sie, die sonst immer wie die Ruhe selbst erscheint, hält eine feurige Rede. Sie ist ziemlich klein – und deshalb kaum zu sehen.

Aber sie ist jetzt im Mittelpunkt des ganzen Geschehens, alle Blicke sind ihr zugewandt, jeder weiß, wo sie ist – und auch, daß etwas Außergewöhnliches passiert sein muß, wenn ausgerechnet Ruth alle Mieter des Hauses herbeigerufen hat: „Die wollen sämtliche Bäume hinter den Häusern fällen. Dort, die ganze Reihe!"

Angeblich seien die Bäume krank, was aber überhaupt nicht stimme.

„Die wollen bloß wieder einen neuen Bonzenweg freischlagen. Das müssen wir verhindern! Ein Baum ist schon gefallen!"

Zwanzig Minuten später sind etwa dreißig Personen am Ort versammelt und diskutieren heftig mit den „Holzfällern", die aber dennoch weiter Vorbereitungen treffen, dem zweiten Baum zu Leibe zu rücken. Sie hätten ja schließlich ihre Vorschriften und Aufträge.

Wieder ist es Ruth, die sich mitten vor den Baum pflanzt und ihn andeutungsweise umarmt.

Schnell tun andere es ihr nach – und da stehen sie und weichen solange nicht, bis die Arbeiter das Feld räumen.

Wie es weiterging? – Eine Eingabe formulierte sie, alle Hausbewohner unterschrieben. Die Bäume stehen heute noch ...

Ja, aber habe ich mit diesen Schilderungen nicht eigentlich nur noch mehr Gründe dafür geliefert, daß sie genau die Richtige wäre, seelischen Beistand zu geben?

Manchmal verstehe ich mich ja selbst nicht in der Beziehung zu Dir, Ruth.

Eifersüchtig war ich oft auf Dich.

Nicht etwa, weil ich Angst hatte, daß Du mir meinen Mann ausspannen wolltest, aber Du schienst immer das mühelos zu können, was mir nur mit Mühe gelang.

Du warst immer so grenzenlos geduldig und hattest für alles Verständnis.

Oft versuchte ich, Dir darin nachzueifern – aber das hielt ich nie bis zum Ende durch.

Irgendwann platzte ich dann umso mehr ...

Und irgendwann wollte ich das dann auch nicht mehr dauernd üben ...

Ich glaube, jetzt erinnere ich mich: Ich empfand meine Probleme und Sorgen in Deiner Gegenwart oft nicht groß genug und hätte mich geschämt, Dir zu zeigen, wie sehr mich „Kleinigkeiten" fertigmachen ...

Und nun höre ich nach Jahren, daß Du damals gewartet hast ... Ist das nicht verrückt?

Was hast *Du* eigentlich mit solchen Gefühlen wie Wut, Ärger und Angst gemacht, wenn sie in Dir waren? Im Gesicht standen sie Dir nie geschrieben – man mußte Dich schon sehr gut kennen, um Dir etwas anzumerken ...

Vielleicht kamst Du wirklich schon immer besser mit Deinen „schlechten Gefühlen" klar als ich mit meinen – aber irgendwohin mußtest Du doch mit denen auch?

Funktionierte das etwa immer so ähnlich wie damals, als wir in der Klinikkantine saßen und die Männer versuchten, uns das scheußlich aussehende Mitagessen noch gänzlich zu verderben?

Erinnerst Du Dich?

Die graublaue Blutwurst wurde mit den schlimmsten Namen belegt, man ließ sie aus abenteuerlichen Höhen von der Gabel auf den Teller platschen usw. usf.

Ein Riesengekreisch entstand am Tisch. Fünf Frauen empörten sich lautstark – nur Du, die sechste, aßest weiter ungerührt Deinen Teller leer.

Am nächsten Morgen hattest Du ein Herpes auf der Lippe.

Ich muß wohl hingeschaut haben, denn Du sagtest zu mir: „Das ist vom letzten Mittagessen. Die Kerle mit ihrem ekligen Gemache am Tisch ..."

Wenn Du mir (oder anderen von mir) sagtest, dies oder jenes könne ich gut, dann war ich mächtig stolz und doch – richtig nahm ich Dir das nie ab.

Irgendwie dachte ich, Du würdest mir das mehr zum Trost sagen – oder so.

Vielleicht kam es auch mehr so an, wie wenn eine ältere Schwester die jüngere lobt, um sie gleich darauf tadeln zu können.

Und Du weißt ja, daß ich schon eine ältere Schwester habe (die auch alles besser kann) – und eine überfürsorgliche Mutter obendrein!

Ach, das ist ja alles so lange her ...

Und jetzt erfahre ich so ganz nebenbei:

Du warst enttäuscht, daß ich mir damals keine Hilfe bei Dir geholt habe ...!

Bald ziehen wir wieder mal um in Berlin.

Du und Dein Mann werden uns dabei helfen, wie ihr es auch die anderen drei Male getan habt.

Und als unsere Kinder in ihre ersten eigenen Wohnungen zogen, war wenigstens einer von Euch beiden auch dabei ...

Du denkst auch gerade an unseren ersten „gemeinsamen" Umzug?

Mein Mann und ich waren mit dem Lastwagen von Sachsen nach Berlin gekommen – mitsamt unserem ganzen Hab und Gut aus der großen Altbauwohnung.

Die Kinder (drei und fünf) waren für einen Tag bei der Oma untergebracht.

Während dieser Zeit mußte nun alles so weit in der Altberliner Einraumwohnung (in der auch noch Möbel standen!) untergebracht werden, daß wir danach mit den Kindern halbwegs zivilisiert darin hausen konnten.

Nach stundenlangem Abladen, Voll-, Aus- und Umräumen waren wir beide so inmitten aller Kisten und Kästen eingebaut, daß wir völlig ratlos und entnervt waren.

Da kamt Ihr, Du und Ralf – wie die rettenden Engel!

Wir sollten da sitzenbleiben, wo wir saßen – und gar nichts machen.

Tatsächlich hockten wir für die nächste halbe Stunde dort (wie die Kinder im Laufgitter) und ließen uns aus den Kistenmauern befreien.

Ihr hattet in kurzer Zeit einen richtigen Gang geschaffen.

Dann packtest Du Deine Tasche aus – Kaffee aus der Thermosflasche und Stullen!

Bei dieser Mahlzeit kamen sämtliche Lebensgeister zurück, und lachen konnten wir auch schon über unsere „Einmauerei".

Danach gingen wir gemeinsam ans Werk – und schafften es!

Wir kennen uns schon so lange, unsere Freundschaft hat sich weiß Gott oft genug bewährt – und doch – manchmal haben wir es nicht leicht miteinander.

Schwestern

Januar '97

Es waren einmal zwei Schwestern.

Die jüngere war gut, bescheiden, fleißig, hübsch anzuschaun und hatte viele Freunde.

Die ältere war schwierig, eitel, anstrengend, sah interessant aus und hatte viele Verehrer.

Die beiden Schwestern liebten ihre herzensgute, etwas kränkliche Mutter.

Einen Vater hatten sie auch.

Der aber war so böse und hochfahrend, daß nicht einmal diese geduldige Frau mit ihm leben konnte – und ihn davonjagte, als die beiden Kinder noch klein waren.

Das Leben der jüngeren Schwester verlief in klaren Bahnen.

Als sie mit ihrer zweiten großen Liebe in die weite Welt gefahren war, hatte man inzwischen um ihre Heimat eine riesige Mauer gebaut.

Sie beschloß, jenseits dieser Mauer zu bleiben und in der freien Welt ihr Glück zu machen.

Sie heiratete, bekam bald zwei wunderbare Kinder, baute mit ihrem Mann ein Häuschen, arbeitete gerne in ihrem Beruf – und hätte sie nicht manchmal die Sehnsucht nach der Heimat und den Lieben dort zu sehr gepackt, ihr Glück wäre ungetrübt und riesengroß gewesen.

Zu Hause hinter der Mauer grämte man sich, daß gerade sie, die liebe, herzensgute jüngere Schwester, in der Ferne blieb.

Sobald die Mutter Rentnerin war und für den kleinen Staat mit der großen Mauer kein Geld mehr verdienen mußte, durfte sie zu ihrer jüngeren Tochter ziehen.

Die ältere Tochter ging nicht in die weite Welt, und sie hätte es doch so gerne getan.

Genauso hätte sie manches andere auch gerne getan, was ihr nicht vergönnt war.

Je mehr unerfüllbare Wünsche in ihr waren, desto unzufriedener und galliger wurde sie.

Ihre liebenswerten Seiten – wie ihre kindliche, uneingeschränkte Liebe zur Familie und ihre Fähigkeit, Naturschönheiten zu genießen und anderen mitzuteilen – zeigte sie immer weniger, oder sie wurden ihr nicht so recht geglaubt, war es doch auch immer schwierig, Echtes und Unechtes bei ihr zu unterscheiden.

Sie heiratete ihre *erste* große Liebe – allerdings erst dann, als sich bereits das zweite Kind ankündigte.

Nichts schien sich bei ihr problemlos, einfach oder eben ähnlich wie bei anderen zu entwickeln.

Jemand, der sie insgeheim anbetete, sagte mal, sie sei immer gleichzeitig anziehend und abstoßend, liebens- und hassenswert, gutmütig und bösartig, interessant und fade.

Im allgemeinen war bekannt, daß man ihr nicht den kleinen Finger geben durfte, weil sie dann gleich die ganze Hand ergriff.

Jedenfalls machte sie viel Aufhebens um sich, was aber bestimmt nicht bedeutete, daß sie selbst viel von sich hielt.

Im Gegenteil – wäre sie wirklich von sich überzeugt gewesen, dann hätte sie nicht so viel Theater um sich herum nötig gehabt.

Es war wirklich nicht leicht, aus ihr schlau zu werden, und schwer war es, mit ihr umzugehen.

Manchesmal tat sie irgendeine Kleinigkeit, über die es kaum wert zu reden gewesen wäre, die bauschte sie auf zu einer großen Tat.

Von ihren wirklichen Ängste und Nöten aber sprach sie kaum ...

Bis jetzt erzählte ich von den Schwestern wie ein Märchen. Sie waren ja auch so, wie sie dort vorkommen könnten – die eine gut, die andere bös.

Im Märchen ist alles einfach und klar: Das Gute wird belohnt, das Böse bestraft.

Ob die kleinere, gute Schwester gemerkt hat, daß sie die Geliebtere von beiden war?

Die größere Schwester hat das bestimmt gewußt, versuchte sie doch mit allen möglichen Mitteln, mehr Liebe zu bekommen.

Aber wie es dann eben meistens geht, wenn man etwas unbedingt mit aller Macht erreichen will: Es gelingt nicht.

Ob die Kleinere ahnte, wie sehr sie von ihrer großen Schwester auch noch um vieles andere beneidet wurde ... (zum Beispiel um ihr Leben in einem freien Land, wohin die Mutter gefolgt war) ...?

Als diese beiden Schwestern noch im kleinen Land lebten, das später die große Mauer hatte, wohnten ganz in der Nähe zwei viel jüngere Schwestern, auch alleine mit ihrer Mutter.

Das waren Cousinen.

Manchmal mußte auf die beiden aufgepaßt werden, wenn deren Mutter nicht zu Hause war.

Auf die eine achtete dann die Ältere, und die andere wurde von der Jüngeren betreut.

Was gab es dann immer für Streit, weil keine zu der Älteren wollte!

Diese sollte immer mit „Mutter" angesprochen werden, außerdem putzte sie *ihr Kind* nach „Feine-Damen-Geschmack" heraus, ging so mit ihm spazieren und erzog dauernd an ihm herum.

Das war wirklich schrecklich.

Ziemlich unangenehm muß es aber auch für die große Schwester gewesen sein, zu merken, wie froh das Mädchen war, welches zu ihrer Schwester gehen durfte.

Einmal mußte die jüngere von den beiden kleinen Schwestern mal wieder zu der älteren von den beiden großen. Sie war traurig darüber und wütend.

Am schlimmsten war, daß die ältere von den kleinen Schwestern in einem fort erzählte, was für schöne Dinge sie mit ihrer Betreuerin tun wollte.

Die Kleine schloß sich ins Badezimmer ein und heulte.

Da sah sie das Zahnputzglas ihrer Aufpasserin stehen, und ihr kam eine Idee, wie sie sich an ihr rächen könnte: Sie pinkelte ins Glas, schüttete den Inhalt aus – und ließ es unausgespült!

Was für eine schreckliche Strafe!

Wenn auch die jüngere der beiden großen Schwestern viel beliebter war als die ältere, von den Männern wurde die ältere mehr begehrt.

Sie hatte viele interessante, ja sogar berühmte Verehrer – wenn das immer alles stimmte, was sie da so erzählte.

Und doch – wenn sie auch viel prahlte über ihre vielen Fähigkeiten und die unzähligen Eroberungen, die sie ständig machte – kann sie sich selbst nicht wirklich gemocht haben!

Je mehr sie um Liebe und Zuwendung – ungeschickt und aufdringlich – buhlte, je mehr sie andere schlechtmachte, um endlich mal selber die meiste Liebe abzubekommen, um so weniger wurde sie gemocht ...

Ja, im Märchen ist alles einfach ...

Das Gute wird belohnt, das Böse bestraft ...

Sie, die große Schwester, nahm sich das Leben.

Wer wurde dadurch bestraft?

War sie die Böse? Sich einfach davonzumachen!

Und die Gute? Kann sie jetzt noch so gut sein wie früher, als sie mit der anderen verglichen wurde?

Die kleine Cousine wird jetzt 50.

Kurz vor ihrem 50. Geburtstag hatte sich die große Cousine das Leben genommen.

Damals, als die Todesnachricht kam, spürte die kleine Cousine zuerst gar nichts, dann kam Wut und noch mal Wut: So etwas ihren Kindern, Enkeln, ihrem Mann, ihrer Mutter, Schwester anzutun ...!

Welch grenzenloser Egoismus und wieviel abgrundtiefer Haß bestimmten diese Tat ...!

Später kam dann doch Traurigkeit – und auch Trauer.

Und es kamen die Zweifel und Fragen, warum sie das tun mußte.

Und jetzt fühlt die kleine Cousine manchmal so sehr mit der zu Lebzeiten ungeliebten großen Cousine – und kennt sogar Stimmungen, in denen sie selbst nicht mehr meint, leben zu wollen. Dann (oder besser nach solchen Zeiten) will sie die Tote um Verzeihung bitten, und sie sucht in sich so viele gute Gedanken an sie wie nur möglich, um sie ihr zu schicken.

Zu spät? Na und.

1.1.1997

Eine alte Geschichte

Vielleicht ist Ihnen das auch schon mal passiert: Da gibt es einen Anlaß, der alte Erinnerungen aufleben läßt – und man erzählt ein Erlebnis von früher, eines, mit dem man in vergangener, anderer Zeit schon manche Feierrunde unterhalten hatte.

Und dann – schon beim Erzählen – kommt einem diese alte Geschichte ganz anders vor, irgendwie fremd. Sie geht nicht mehr so leicht von den Lippen, die detailgetreue Wiedergabe der Fakten gelingt nur schlecht, der Erzählfluß stockt, und in den Gesichtern der Zuhörer sind Desinteresse, Langeweile oder auch Skepsis abzulesen.

Nur mit Mühe gelangt man zum halbwegs glücklichen Ende.

So war es gestern, als ich meine Messe-Geschichte mal wieder zum besten geben wollte.

Wir saßen im Freundeskreis zusammen – Silvesterfeier – und hörten vom Band alte DDR-Aufbau-, Armee-, Erntelieder.

Dazwischen waren Auszüge von Reden unserer alten „Landesväter" zu hören.

Zwar hatten wir schon als Schüler Walther Ulbrichts Reden nachgeahmt und konnten als Sachsen darin eine gewisse Perfektion erreichen – aber daß wir die Staatsführer nicht für absolut indiskutabel hielten, war jetzt nicht mehr zu begreifen, *so* dümmlich, bieder, einfältig, und verlogen kamen jetzt ihre Worte einher!

Kaum zu glauben auch: Wir hörten keine Parodien von Reden, sondern diese selbst!

Das allgemeine Gelächter klang – vor allem bei Walther Ulbrichts Statements – in meinen Ohren immer weniger fröhlich, und der Meinungsaustausch über erinnerte DDR-Geschichte schien zum Streit zu geraten.

Vielleicht wollte ich die anfänglich so heitere, unbefangene Harmonie wiederherstellen, daß ich meine altbewährte „Walther-Geschichte" zu erzählen begann ...

Jetzt denke ich dauernd daran, wie ich mich mit ihr abmühte, und irgendwie scheint sie mir im Neuen Jahr den Weg zu verstellen.

1967 – ich studierte im dritten Jahr an der Hallenser Universität Pädagogik.

Bei der Leipziger Frühjahrsmesse hatte ich an einem RFT- (Rundfunk-Fernseh-Technik) Stand für zehn Tage gute Arbeit gefunden (Job sagte man damals noch nicht).

80 Mark verdiente ich pro Messetag, was ungeheuer viel Geld war, wenn man bedenkt, daß ich gewöhnlich mit 140 Mark Stipendium im Monat auskommen mußte.

Zwölf Standhilfen-Mädchen waren wir, drei davon durften am Revers das INTERPRETER-Schild tragen – ich auch. Auf dem silbernen Schild der anderen stand SERVICE.

Wir verteilten Prospekte, suchten Adressen raus und bewirteten wichtige Gäste mit Tee oder Kaffee.

Englischsprachige Besucher kamen selten, was schade war, denn wo sonst konnten wir mal die Sprache lebendig üben als während der Messezeit (Reisen in diese Länder waren undenkbar). Vor den Russisch-Sprechenden rissen wir förmlich aus, weil wir sie kaum verstehen, geschweige denn Russisch sprechen konnten – trotz der vielen Jahre Unterricht.

Unsere Uniform – dunkelblaues Kostüm, weiße Bluse, roter Hut – hätte uns uneingeschränkt gefallen, wenn da nicht der komische Standleiter, Ingenieur Pfeffer, gewesen wäre, der uns dauernd mit einem rosa Lippenstift hinterherlief und davon überzeugen wollte, daß wir bei eventuellen „Fotoaufnahmen" mit geschminkten Lippen viel vortheilhafter ins Bild kämen.

Die anderen Mädchen benutzten dann ihre eigenen roten Stifte, zum Hut passend.

Als sie mich auch damit schminken wollten, sahen sie selber – zu meinen hellblonden Haaren sah das schrecklich aus!

Also widerstand ich als einzige den Lippenschmink-Attacken des Chefs – und schien von nun an gründlich bei ihm verschissen zu haben, was mir nicht schlecht gefiel, denn da hatte ich wenigstens Ruhe vor ihm!

Ich mußte nicht mehr – wie alle anderen – seine dauernde Nähe ertragen, wenn er unter dem Vorwand der Ordnungsliebe diverse Kleidungsstücke zurechtzupfte.

Wir ekelten uns vor ihm, seinen lüsternen Blicken und strengen Körperausdünstungen

(Er trug dieselben geliebten „West-Perlonhemden" mehrere Tage, sein Schweißgeruch kündigte ihn immer schon meterweit an.)

Daß sich die Mädchen ihn nicht genug vom Leibe hielten, hatte mit seiner einflußreichen Stellung beim Messeamt zu tun, die uns dauernd vor Augen geführt wurde.

(Daß er auch Mitarbeiter der Staatssicherheit war, weiß ich seit meiner „Akteneinsicht".)

Warum er nun ausgerechnet mich zur Begrüßung auserwählt hatte, als Walther Ulbricht angesagt wurde, weiß der Himmel.

Jedenfalls kam er an einem Messemorgen gegen neun zu unserem Stand, um mich zum „Gespräch unter vier Augen" zu holen.

In seinem Büro übergab er mir eine selbstgefertigte Begrüßungsrede von einer halben Schreibmaschinenseite und beauftragte mich, diese sofort auswendig zu lernen, damit bis zum großen Ereignis um 11.30 Uhr noch Zeit zum Proben bliebe.

Außerdem lag auf seinem Schreibtisch eine Skizze zur Örtlichkeit der Begrüßungszeremonie – einer technischen Zeichnung ähnlich –, die er mir ausführlich erklärte.

Ich sollte den Staatsratsvorsitzenden begrüßen und mit Rosen vor dem Fahrstuhl empfangen, sobald er aus diesem aussteigen würde. Gleich hinter mir würden im Halbkreis die Chefs der ausstellenden Firmen stehen, auf der anderen Seite war Platz für die Presseleute und das Fernsehen – das Ganze würde am Abend in der Aktuellen Kamera im Fernsehen gesendet.

Natürlich war ich aufgeregt (ICH im Fernsehen – zu Hause hatten wir noch nicht mal ein Gerät!), und ein wenig fühlte ich mich auch geehrt, daß man mich „auserwählt" hatte, wenn ich auch irgendwie der „Ehre" nicht traute ...

Nicht viel später allerdings hatte ich das alles vergessen, weil ich genug mit dem Ärger zu tun hatte, der sich in mir ausbreitete und schließlich keinen Platz mehr für andere Gefühle ließ:

Der Standleiter wich nicht von meiner Seite, redete unausgesetzt auf mich ein, gab Verhaltensanweisungen und fuchtelte fortwährend mit dem Lippenstift vor meinem Gesicht rum, redete von einer einmaligen Chance, die ich gar nicht verdient hätte und daß man schon mit meiner Hochnäsigkeit fertig werden würde.

Ich hatte Mühe, die aufsteigenden Zornestränen zurückzuhalten.

Als ich schließlich auf meinen Auftritt zugunsten eines anderen Mädchens verzichten wollte, ließ er verlauten, daß ich dann aber auch nicht länger am Stand arbeiten könnte.

Gleich darauf wurde er wieder überfreundlich, sprach nun mit Engelszungen auf mich ein, versprach, mich eine ganze Stunde zur Vorbereitung in seinem Büro allein zu lassen – mit dem Schminken könne ich mir auch Zeit lassen.

Was ich jetzt erst bemerkte: *Er war schrecklich aufgeregt – und hatte Angst.*

Als er wiederkam, hatte ich seinen Text verändert.

Etliche Substantive gestrichen, einige Verben dazugeschrieben – so etwa war er auch in den Kopf zu bekommen.

Zum Heulen war mir nicht mehr – eher zum Lachen, besonders dann, als sich Herr Pfeffer vor mich hinstellte und zur Probe Walher Ulbricht darstellen wollte.

Natürlich kam ich über den ersten Satz nicht raus, weil ich losprusten mußte.

Er, der Herr Ingenieur Pfeffer, als Walther Ulbricht! Heute ganz besonders feingemacht – im neuen Perlonhemd, nach Deodorant duftend und nur ganz wenig nach frischem Schweiß.

Fast tat er mir jetzt leid, wie er da so stand, aufgeregt, ängstlich – und jetzt auf die Göre angewiesen, die ihm kichernd gegenübersteht.

Ich muß wohl auch so etwas gesagt haben wie: „Lassen Sie mal, das kriegen wir schon hin!" Mit dem Rollenspiel jedenfalls wurde es nichts mehr.

Dann stand ich vor dem Fahrstuhl, wußte hinter mir die wichtigen Leute und fühlte mich nun selber ziemlich wichtig.

Mit meinem Aussehen war ich zufrieden (Augenwimpern getuscht, Lippen ungeschminkt!).

Die Blicke der Umstehenden sagten, daß ich gut aussah mit dem großen gelb-roten Strauß im Arm. Das gab mir eine Menge Sicherheit.

Der Fahrstuhl öffnete sich, und schon bevor die Mitfahrenden aussteigen konnten, sah ich: Seine Frau Lotte war mitgekommen! Damit hatte nun keiner gerechnet!

Daß zwei bis drei Sicherheitsleute im Fahrstuhl sein würden, hatte mir mein Ingenieurregisseur gesagt ... aber das mit Lotte kann er nicht gewußt haben!

Was denn nun wie tun? Ich hatte doch nur einen Rosenstrauß!

Beim Aufsagen meines Sprüchleins überlegte ich fieberhaft, wem von den beiden ich die Rosen geben sollte.

Aber dann entschied ich mich doch schnell: Die Dame bekommt natürlich die Blumen!

Ich wußte doch, was sich gehört!

Noch etwas anderes ging mir während meiner kurzen Redezeit heftig durch Kopf und Sinn: Ulbricht war geschminkt – mit hellbrauner Teintcreme, und auch die Lippen waren hellrot nachgezogen. (Im nachhinein war klar: Er war für die Fernsehkamera geschminkt worden!) Als ich während meines Begrüßungsspruchs Walther Ulbricht ins auffällig geschminkte Gesicht blickte, mußte ich mir zwanghaft unseren Standleiter vorstellen, wie das ausgesehen haben mochte, wenn er mit seinem Lippenstift um das Ehepaar Ulbricht herumgeschwänzelt wäre und Schmink-Hilfe angeboten hätte.

Viel Zeit, die Gedanken weiter auszuspinnen, hatte ich nicht. (Es ist sowieso schon erstaunlich, was einem in so kurzer Zeit alles durch den Kopf gehen kann!)

Meine Worte waren wie von selbst, fehlerlos, glaube ich, zu Ende gegangen.

Ich wollte Frau Lotte die Blumen reichen, merkte im selben Augenblick aber, daß Walther schon nach ihnen gegriffen hatte.

Kurzes Zögern meinerseits, dann aber den einmal gefaßten Entschluß wahrmachend: Der Frau die Blumen! Sie hatte nicht damit gerechnet, aber dann griff sie doch zu – und *er* bekam meine Hand zum Gruß.

Leider verläßt mich die genaue Erinnerung, wenn ich überlege, was danach war.

Die aktuelle Kamera hatte jedenfalls keiner meiner Verwandten oder Bekannten gesehen, um mir sagen zu können, was da wie bei Zuschauern angekommen sein mochte.

Den Herrn Standleiter Pfeffer sehe ich noch vor mir: Deutlich erleichtert darüber, daß ich keine Katastrophe verursacht hatte, aber auch den Kopf über die Tatsache schüttelnd, daß dieses eigensinnige Ding unbedingt *der Frau* die Blumen überreichen mußte.

Meine Kollegen jedenfalls, vor allem die anderen Standhilfen, standen mir nach Kräften bei und argumentierten sogar mit Herrn von Knigge, bei dem *auch* die Frau die Blumen bekommen hätte.

Ich selber war sehr zufrieden mit mir.

Haushoch überlegen kam ich mir sämtlichen „fiesen" Chefs gegenüber vor.

„Habe ich nicht wieder mal bewiesen, daß ich nicht kleinzukriegen bin? ...

Wenn die denken, sie haben mich in der Hand, dann täuschen die sich gewaltig! ...

Ich tue immer noch, was ICH für richtig halte!"

Vor dreißig Jahren war das ...

Vor drei Jahren las ich in meiner Akte, was ein Informant über jene Zeit von mir schrieb:

„Für ernsthafte Arbeit scheint sie weniger geeignet zu sein ...

Sie scheint das lockere Leben vorzuziehen ...

Es ist nicht auszuschließen, daß sie für Liebesdienste Geschenke annahm ..."

Meine alten DDR-Geschichten erzählen sich nicht mehr so leicht und locker wie früher.

1992 aufgeschrieben

Der Tanz

Seit dem letzten Frauentreff passierte es ihr regelmäßig morgens auf dem Weg zur Arbeit, in der Straßenbahn, daß ihre Gedanken, die sich auf das Tagesgeschehen richten sollten, woandershin liefen.

Hier, und nicht zu Hause in Reichweite von Zettel, Bleistift und Zeit, kamen *die* Gedanken.

Es waren klare, einleuchtende Worte, die in ihr hochkamen – fast wie schon mal geschrieben.

Die hätte sie genauso, wie sie in den Kopf kamen, mitschreiben wollen, um sie festzuhalten.

Mit jeder neuen Haltestelle in der halbstündigen Fahrzeit wuchsen Unruhe und Ärger, weil sie aus der Erfahrung schon wußte, was wieder passieren würde: Sie konnte diese Gedanken nicht so lange in sich bewahren, bis sie tatsächlich niedergeschrieben waren.

Beim Aussteigen war ihr dann jedesmal so, als ließe sie alles Wesentliche in der Bahn zurück, was ihr dabei hätte helfen können, Worte zu finden, die von den Frauen verstanden würden.

Beim kurzen Weg bis zur Station – unter den rot und weiß blühenden Kastanien – verging das alles schnell. Hastig dachte sie darüber nach, was ein paar Minuten später auf sie zukommen würde: Frühbesprechung, Gruppenvisite ...

Am Feierabend zu Hause dann war sie einige Male ihrem Vorsatz vom Morgen treu geblieben, hatte sich an den Schreibtisch gesetzt und dort auf die Wiederkehr von „Straßenbahngedanken" gewartet.

Sie kamen nicht – weil ihr dann alle möglichen Dinge einfielen, die zu erledigen und natürlich aktuell wichtiger waren:

Briefe, Einkaufszettel, Stundenvorbereitungen, Antragsformulare und so was alles.

So war immer wieder verschwunden, was noch gar nicht richtig angekommen war, und es zerfloß, was noch gar nicht richtig hatte durch sie hindurchfließen können.

Sie mußte über sich selber lachen, wenn sie auf einer Schreibtischecke bei Einkaufsnotizen, formlosen Anträgen, Briefumschlägen, neben gemalten Nikolaushäuschen Satzfetzen fand, die sie daran erinnerten, was sie eigentlich hatte tun wollen: *Es* zuende denken, *es* endlich zu Papier bringen, und zwar so, daß wenigstens einmal eine der Frauen, mit denen sie an den Leseabenden zusammenkommt, versteht, was sie erzählt.

Es geht ihr doch gar nicht um Verständnis im Sinne von Toleranz, sondern um Nachvollziehenkönnen dessen, was sie vor Jahren gefühlt hatte – so ganz unter der Haut.

Sie fühlt, daß auch andere Frauen etwas für sie ähnlich Einmaliges erlebt haben – sie müßte nur die richtigen Worte finden, um endlich in den Gesichtern lesen zu können – „Ja, das kenne ich."

Dann brauchte auch nicht mehr über die Qualität des Textes diskutiert und die Frage gestellt zu werden, ob er literarische Gültigkeit bekommen könnte – was auch immer das sein soll.

Sie wartet doch nur auf ein Zeichen des Verstehens – durch Blicke vielleicht?

Nur dafür glaubt sie weiterhin die endlich passenden Worte suchen zu müssen.

Nur deswegen geht sie wahrscheinlich immer wieder zu dieser Frauengruppe.

Da liegt ein abgerissenes Stück Papier.

Bericht einer Verdrängung steht drauf – mitten zwischen Kritzel-Mustern.

Das hatte eine gesagt, als sie ihre Geschichte vorgelesen hatte.

Nach der langen, beklemmenden Stille, die ihrem Lesen folgte, war sie erst mal froh gewesen, daß überhaupt jemand was sagte – und bevor sich neues Schweigen einnisten oder etwa der Vorschlag kommen konnte, den Text noch mal gemeinsam „durchzugehen", hatte sie darum gebeten, daß eine andere Frau was liest.

So was wie: „Ich wußte, daß sie mich nicht verstehen", muß ihr durch den Kopf gegangen sein.

Beim Vorlesen waren ihr ja selber die Worte so fremd vorgekommen, und sie hatte registriert: Je persönlicher, intimer und sensibler das zu schildernde Thema wurde, um so knapper und grauer, lediglich berichtend, war ihr die Sprache geraten.

Erst zu Hause begann die Grübelei über die nicht nachlassende Beklemmung und unbestimmte Traurigkeit, die sich als dicker werdender Kloß im Brustkorb ausbreiteten.

Als sie im Bett lag, ihren Mann neben sich ruhig atmen hörte, selber aber einfach nicht einschlafen konnte, merkte sie, wie allmählich Wut in ihr hochkam – Wut auf Frauen, auf *die Frauen überhaupt* – die sie so alleine lassen mit ihren Erinnerungen an eine Zeit, die ihr weiteres Leben vom bisherigen abgetrennt hatte.

Nichts war danach mehr wie vorher ...

Es hatte ihr damals geholfen, sich vorzunehmen, in *stabileren* Zeiten anderen Frauen mal davon zu erzählen ...

Seit *damals* nämlich, mögen es noch so schwierige Zeiten gewesen sein, hadert sie nicht mehr mit dem Schicksal, das sie *Frau* werden ließ, seit damals weiß sie, daß es für sie Erlebnisse gibt, die nur *Frauen* verstehen können – die sie nur mit ihnen teilen kann – mag sie die Männer noch so gerne haben.

Es ist gar nicht wahr, daß sie so viel verdrängt hat, und auch nicht, daß die Geschichte ein „Bericht einer Verdrängung" ist!

Gekämpft hatte sie damals – nicht gegen die neuen, unbekannten und daher ängstigenden Gefühle, sondern mit ihnen für sie!

Bis hin zu wahnhaften Ideen hatte sie ihr Gefühlserleben getrieben ...

Was war denn schon geschehen: Länger als zehn Jahre ist es her. Sie begegnet einer Frau – zehn Jahre jünger ist die, gerade mal zwanzig.

Sie soll als Praktikantin bei ihr arbeiten.

Allzusehr mag sie die junge Frau anfangs nicht, irgendwie zu laut und vereinnahmend erscheint sie ihr.

Sie lernt sie näher kennen – und liebt sie eines Tages.

Lange Zeit ist für kaum etwas anderes als eben jenes Gefühl Platz in ihrem Leben ...

Was sie nie für möglich gehalten hatte: Gerade in der Zeit, als sie über ihre *Frauengrenzen* zu fühlen glaubt, als ihre *Frauen*-Identität so ins Wanken gekommen war, ist sie *Frau*, wie sie es noch niemals zuvor war.

So, als habe sie sich vielleicht erst dann richtig als *Frau* fühlen können, wenn sie an Grenzen stößt ...?

Irgendwie schien ihre ganze kleine Welt aus den Fugen geraten zu wollen!

Da waren die Sinne plötzlich empfänglich für so viele Wahrnehmungen: Bilder, Gerüche und Geräusche tauchten auf, fühlten sich völlig neu oder ganz anders als früher an ...

„... Und wenn auch diese Zeit lange vorüber ist ...

... Und wenn mir auch keine von den Frauen jemals richtig zuhören will ...

... *Ich* bin seitdem reicher ...", denkt sie trotzig und spürt wieder den Wutkloß, der endlich abgeheult werden will.

„Wahrscheinlich dachten die Zuhörerinnen, ich wollte mein verpaßtes ‚Coming Out' zu Gehör bringen, und glauben, mich *erwischt* zu haben", überlegt sie und grinst hinter den zurückgehaltenen Tränen.

„Ich weiß es besser!"

Plötzlich fällt ihr eine Kollegin und Freundin ein, die ihr damals, als sie psychisch krank geworden war, nie ganz von der

Seite gewichen war – Marie.

„*Ihr* hatte ich doch irgendwann mal von dem Tanz erzählt, bei dem alles begonnen hatte ...

Ihr konnte ich damals, so durcheinander ich war, genau das begreiflich machen, was heutzutage im Lesekreis eben nicht geht ...

Sie mußte mich nicht erst zur ‚verkappten Lesbe' machen, um mich zu verstehen."

Lene steht auf, weil sie die Geschichte noch mal lesen will.

Sie findet die Stelle, in der sie den Tanz beschreibt:

„*... Kurz vor dem Ende des Ferienlagers saßen ‚wir Großen' am späten Abend noch bei Musik und Kerzenschein ...*

... Die Kinder schliefen längst.

Wir hörten Musik,, schwatzten, sangen und wollten nicht müde werden.

Einer nach dem anderen verschwand, nur wir beide konnten uns nicht trennen.

In mir wuchs das glückliche Gefühl, endlich eine Freundin gefunden zu haben. Wir tanzten, und das war wunderschön.

Wir berührten uns beim Tanzem kaum.

Sie schien auf jede meiner noch so kleinen Signale zu reagieren.

Der Gleichklang unserer Bewegungen, das unausgesprochene erfühlte Wechselspiel von Führen und Führenlassen, Geben und Nehmen verzauberte und berauschte.

Ich fand mich in ihren Bewegungen, fühlte mich in ihrer Person.

Sie roch so gut – ich auch. Sie sah so schön aus, wie sie sich bewegte – ich auch.

Beim Tanz fühlte ich mich von ihr und von mir selbst umfangen, geborgen – gleichzeitig dabei doch so grenzenlos frei.

Mein Herz schlug wild – vielleicht war es so, daß Kopf und Herz begreifen wollten, was das ganze Ich erlebte.

... Verwirrt war ich, glücklich, unruhig, erstaunt, ratlos darüber ... was da passiert war ..."

Jetzt fließen die Tränen.

Sie läßt sie laufen – für die eben wieder erlebete Einsicht, *die* Worte niemals finden zu können – und für die Tatsache, es doch nie ganz lassen zu können, immer wieder nach ihm zu suchen.

Heimfahrt

Der Gleichklang von Geräuschen des fahrenden Zuges drang in sie ein und schien sich ihrem Körperrhythmus anzupassen – oder war sie es, die sich in die Fahrmelodie hineingleiten ließ, weil die so beruhigend wiegte?

Wie ruhig der Zug über gutgepflegte Gleise fuhr!

War das damals nicht erstes eindrucksvolles Zeichen dafür, daß die DDR-Grenze hinter einem lag und man im Westen weiterfuhr? Damals, kurz nach der „Wende"?

Da hatte sie sich umgeschaut, zum Fenster rausgesehen, festgestellt, daß der Zug weiterfuhr, aber irgend etwas anders war. Eine ganze Weile hatte sie gebraucht, um zu registrieren: Das Rattern fehlte – total. Ihr Gegenüber hatte wahrscheinlich ihre Unruhe bemerkt – vielleicht aber ließ er nur eigene Erfahrungen laut werden. Jedenfalls sagte der ihr gegenübersitzende alte Herr (wahrscheinlich war er als Rentner schon öfters über die Grenze gefahren): „Das ist doch gleich ein ganz anderes Fahren hier im Westen, was? Im Osten kann man ja jede Schwelle mitzählen! Ein Wunder, daß so'n Zug da nicht dauernd aus den Schienen huppt."

„Nun sind wir selber schon seit Jahren ‚Westen' – so deutlich werden wir heute die ‚Überfahrt' nicht mehr merken", denkt sie.

Die Anspannungen der letzten beiden Tage scheinen sich langsam zu lösen, angenehm schläfrig wird ihr. Die draußen vorbeihuschenden Bäume, die Gras-, Feld- und Himmelseinblicke vermischen sich mit Bildern der vergangenen Erlebnisse. Dieser Schwebezustand irgendwo bei der Grenze zwischen Schlafen und Wachen ist angenehm. Gedanken können kommen und gehen – sie haben genügend Platz – und sie spürt ihre fünf Sinne in fast wiegend wechselndem Wahrnehmungsspiel äußerer und innerer Reize.

Sie war tatsächlich kurz eingeschlafen, weil die Verszeile „Schlaf, Kindchen schlaf" in ihr gesungen hatte, die paßte wohl besonders gut in den Fahrrhythmus.

Plötzlich schreckt sie auf, denn da hatte sich in ihr eine Wortgruppe gebildet, die wie festgenagelt hinter der Stirn zu stehen scheint.

„Wie komme ich bloß jetzt darauf?"grübelt sie und spricht die Worte mehrmals lautlos vor sich hin. „Im Angesicht des Todes ... Im Angesicht des Todes ... Im Angesicht ..."

Hatte das der Pfarrer in seiner Rede gesagt? Aber an seine Worte kann sie sich im einzelnen gar nicht erinnern, weiß nur noch, daß keine störenden oder peinlichen dabei waren.

Er hatte ja Gott sei Dank gar nicht erst versucht, Lebensdaten der ihm unbekannten Verstorbenen zu nennen.

Die ganze Zeit über hatte die Spätsommersonne wie vorsichtig in die kleine Kapelle geschienen. Mitten auf dem schlichten hellen Holzsarg, zwischen den zarten weißen und dunkelblauen Blumen, die auch genügend Platz für ihr Grün gelassen hatten, hielt sich die ganze Zeit über ein kleiner, runder Sonnenfleck.

Die Musik war schön und hätte ihrer Tante bestimmt gut gefallen.

Die Feier war überhaupt sehr schön, wenn man sich das auch bei einem solchen Anlaß kaum so zu denken, geschweige denn zu sagen traut.

Viele Einzelheiten hatte sie bestimmt auch nicht richtig mitbekommen, weil sie ja aufpassen mußte, daß die Tränen nicht so liefen und das Taschentuch in guter Reichweite war.

Die liebe, herzensgute Tante Enne, Mutters Schwester, ist gestorben.

Ihre Beerdigung war feierlich – daß die Nichte jetzt beim Fahren über Leben und Sterben nachsinnt, ist nicht verwunderlich – aber *die* Worte kann sie noch nicht wiederfinden.

Sie läßt die Gedanken weiterlaufen.

„Nach langem Leiden" – hatte das der Pfarrer gesagt?

Die Tante hat wirklich viel aushalten müssen, und seit dem Tod ihrer älteren Tochter vor zehn Jahren ging es doch ziemlich schnell bergab mit ihrer Gesundheit.

Und dabei war sie bei der Beerdigung der Tochter so stark gewesen.

Noch heute sieht die Nichte den hoch erhobenen Kopf, die gerade Haltung, die tränenlosen, etwas starr blickenden Augen, den fest zusammengepreßten Mund.

Sie hatte sich damals und auch später öfters gefragt, wie *sie* hätte weiterleben können, wenn *ihre* Tochter sich das Leben genommen hätte ...

In den Jahren danach wurde Tante Enne zuerst immer zerstreuter und vergeßlicher, dann auch zuweilen ganz konfus und verwirrt. Bald konnte sie kaum mehr etwas alleine zuende bringen.

Dabei war sie voller Unruhe und getrieben von dem Wunsch, sich nützlich zu machen – und ihre alte Heimat Leipzig aufzusuchen (dort war auch das Grab ihrer Tochter).

Tieftraurig und verletzt reagierte sie, wenn man ihr solche Reisen nicht mehr zutrauen konnte.

Wie stark ihr Willen bis zuletzt war! Was hielt sie eigentlich am Leben – da sie doch immer unglücklich und verstört wirkte!

Als wenn sie noch etwas zu erledigen hätte, bevor sie vom Leben loslassen kann ...

Vorgestern abend, gleich nach ihrer Ankunft aus Leipzig in dem kleinen Örtchen in Hessen, hörte sie die Cousine zu ihren Kindern sagen, daß sie die Großmutter noch mal ansehen könnten. Man habe sie in der Kapelle aufgebahrt. Sie müßten aber gleich losgehen.

Selbstverständlich machte sie sich auch mit auf den Weg dorthin, obwohl sie sich am liebsten davor gedrückt hätte.

Nicht mal zum Umziehen hatte sie Zeit gehabt.

Und so stand sie bald in ihrem hellblau geblümten Sommerkleid mit Tantes Kindern und Enkelkindern vor der Kapelle.

Der Schritt über die Schwelle war schwer – dann ging alles wie von selbst und ganz leicht.

Schon vom Eingang aus war die schlanke, stolze Gestalt zu erkennen, die kaum auf den Kissen aufzuliegen schien.

Tiefblaue Blüten lagen auf dem weißen Bett.

Das schöne, stolze Gesicht mit der großen, gebogenen Nase zog sie an.

Und dann stand sie nahe bei ihr.

„So friedlich sieht sie aus, so ernsthaft und würdevoll."

Ja, das war sie, die sie bewundert und verehrt hatte.

Aber so ruhig, so entspannt war sie zu Lebzeiten seit Jahren nicht zu sehen gewesen.

Auch ihre Hände erkennt sie wieder – leicht, locker ruhen sie im Schoß (Tante Enne war in der Verwandtschaft berühmt für ihre schönen Hände).

Sie schaut sich immer wieder das Gesicht an und fragt sich, was es ist, das sie denken läßt: „Sie ist es – und doch ist sie es nicht mehr."

Wie sie da liegt, scheint sie ein Bild von sich selbst zu sein.

„Sie hat es geschafft", geht ihr durch den Kopf.

„Die Seele hat den Körper und unsere Welt schon verlassen. Der Leib liegt als gute Erinnerungsgestalt noch hier bei uns."

Sie schaut sich die blaßgrüne Perlenkette an, die Tante Enne um den Hals hat – und das hellbeige Kleid mit der einfachen, eleganten Häkelspitze am Ausschnitt.

Beides erinnert sie an etwas ...

Ihre Großmutter hatte einmal so etwas ähnliches getragen, weil die Enkelin sich beschwert hatte, daß sie immer nur in Schwarz ging.

„Das war damals wie ein Fest, als Großmutter in einem hellen Kleid mit einer blaßgrünen Kette erschien."

Wieder schaut sie das Gesicht an.

Und da liegt jetzt ihre Großmutter, die schon so viele Jahre tot ist.

„Großmutter, Du meine große Liebe!

Ich kann Dich noch mal sehen und mich endlich von Dir verabschieden.

Ich wollte Dich immer fröhlich sehen und die vielen lustigen Lieder und Geschichten hören.

Wenn Du Dich alleine glaubtest, sahst Du so schrecklich traurig aus.

So konnte ich Dich nicht aushalten, und ich ließ mir alles mögliche einfallen, um Dich zum Lachen zu bringen.

Manchmal wurdest Du ärgerlich über meine Albereien – aber lachen mußtest Du dann doch. („An der ist ein Clown verlorengegangen.")

Erst als Du schon tot warst, begriff ich, welchen Kummer Du immer bei Dir hattest.

Alle drei Söhne an den Krieg zu verlieren ...!"

Sie streichelt sachte über das Gesicht. Die Kälte spürt sie bald.

Die Tränen laufen, sie streichelt das tote Gesicht.

Im Angesicht des Todes kommt so viel Erinnerung an Leben.

Im Angesicht des Todes.

Sie hat die Worte gefunden.

Sie fährt nach Hause.

Der Zug bringt sie sicher und ruhig dahin.

In wenigen Tagen wird ihre Tochter einen Sohn zur Welt bringen.

Es ist ihr erstes Enkelkind.